U0876611

一个人的时光

巴山夜雨 著

中原出版传媒集团
大地传媒

大象出版社
·郑州·

图书在版编目(CIP)数据

一个人的时光 / 巴山夜雨著.— 郑州 : 大象出版社, 2015. 10

ISBN 978-7-5347-8612-9

Ⅰ. ①一… Ⅱ. ①巴… Ⅲ. ①散文集—中国—当代 Ⅳ. ①I267

中国版本图书馆 CIP 数据核字(2015)第 243421 号

一个人的时光

巴山夜雨　著

出 版 人　王刘纯
责任编辑　李建平
责任校对　裴红燕
装帧设计　王晶晶

出版发行　大象出版社(郑州市开元路 16 号　邮政编码 450044)
　　　　　发行科　0371-63863551　总编室　0371-65597936
网　　址　www.daxiang.cn
印　　刷　郑州市运通印刷有限公司
经　　销　各地新华书店经销
开　　本　787mm×1092mm　1/16
印　　张　10.75
字　　数　147 千字
版　　次　2015 年 10 月第 1 版　2015 年 10 月第 1 次印刷
定　　价　30.00 元
若发现印、装质量问题,影响阅读,请与承印厂联系调换。
印厂地址　巩义市米河镇草店村
邮政编码　451263　　　　电话　0371-64333120

目　录

剪剪风，一路春雨花香

在这个春天，寻一个安静的位置，默默坐下，让风轻拂；找一个温暖的角落，静静思索，让雨飘洒；觅一方属于自己的天空，让心自由飞翔。

春天，是一溪清澈的水，是一首静美的诗，更是一曲心灵的歌。

谁，染绿了枝头，把细嫩把柔韧把浪漫赋予自然，是风；谁，轻曳着身姿，把清爽把醇美把精彩带给世界，是雨；谁，唤醒了大地，把阳光把美丽把微笑沁入胸怀，是心。轻捻岁月，植入一颗春天的种子在心；闭目聆听，放飞一季春天的心情，在你，在我，在这个美好的季节里。

一剪杏花，恰逢倾城春雨。

漫步青石小路，伸开双手，雨落花瓣淡无痕，却是心湖涟漪，那是谁的柔美又是谁在低吟；闭目聆听，雨滴淅沥细有声，却是无言心痛，那是谁的呼唤又是谁的无奈；潸然伫立，雨剪心思春两岸，那是谁的白天又是谁的夜晚。一城雨，一城花，一城春色；一抹风，一抹箫，一抹月影；一江水，一江愁，一江舟难渡。

春夜的雨，总不经意间潮湿心绪。淅淅沥沥的，揉碎了诸多心事，化作一阵阵箫声，落寞在谁的心上；点点滴滴的，浅释了几许忧伤，镌刻成一段段文字，浸湿了谁的心扉；清清浅浅的，纯澈了些许迷茫，平淡了一个个流年，荒芜了谁的心田。

是谁，在窗前一直伫立凝望；是谁，在夜里一直聆听远方；是谁，在雨中一直放逐梦想。

总喜欢站在树下，凝视远方淡淡的风景。静是风，静是叶，静是一场淡淡的春雨；暖是天，暖是地，暖是一抹淡淡的心语；淡是岁月，淡是经历，淡是一首淡淡的旋律。不想鲜艳绚丽，只想清清如溪；不去煞费心机，只要尽情放飞；不愿追名逐利，只愿尽心尽意。

做一片苇叶，清水来渡；做一支风笛，洞彻思绪；做一滴露水，淡淡地来，又淡淡地去。

窗外的世界，既熟悉又陌生。也许遗忘得太久，那溪畔那草地那牧童的短笛，总消失在遥远的山村；也许眷恋得太多，那鸟鸣那泉水那纯朴的笑声，总没落在流淌的岁月里；也许奔跑得太快，那花香那蝶舞那茂密的竹林，总渐离在人生的路上。

其实，美丽的世界一直都在，倾听就在耳边，感悟就在脚下，静心就在眼前。曾经如落叶般斑斓缤纷，傲然天地之间，可逝去的只是光泽，永恒的却是另一种心境；曾经如落花般栉风沐雨，跌宕岁月长河，沧桑的只是经历，唯美的却是另一种情怀；曾经如流风般喜怒哀乐，辗转流离尘世，改变的只是漂泊，无悔的却是另一种洒脱。

若是一抹春风，就将心中的绿意染上枝头，因为有你的微笑，有你的春天；若是一只雄鹰，就翱翔在湛蓝的天空，因为有你的伫立，有你的遥望；若是一串音符，就会跳跃在琴弦指尖，因为有你的拨动，有你的倾听。沧海桑田，隔不断一颗执着的心；风霜雪雨，挡不住一条跋涉的路；尘世迷雾，只能让视线更加清晰，让心境更加纯澈。

晨钟暮鼓，是雨在随意翩跹；斜风细雨，是春在尽情摇曳；清露无痕，是心在默默淡然。

一缕轻风，迷离点点心事

喜欢在文字里翻阅生活的细枝末节，放下纷扰和喧嚣，让心自由飞翔；喜欢在音乐里品味岁月的点点滴滴，纯澈视线和灵魂，和梦一起飞翔；喜欢在月下独自漫步河畔，把思念揉碎，把心轻轻付诸流水。

春天，是一个宁静的季节。

花，静静绽放，在微风的摇曳下娉婷飘香，是一种感动；雨，轻轻飘洒，在静默的时光里闲散优雅，是一种感悟；心，默默沉寂，在白天在夜晚通透明晰，是一种感怀。走过岁月，才有阅尽尘事的从容和智慧，才有对生活深刻的理解，才有对世界崭新的感悟。

携一片绿叶，倚一窗静月，让心如花般充满淡淡的、静静的人生况味。

春天，是一个记忆的季节。

记忆，像一支笔，虽没有颜色却有清晰的字体；像一片叶，循着清晰的脉络能找到至真至纯的往昔；像一首歌，纵然忘了歌词却有着熟悉的旋律。记忆，又像一道短墙。细细触摸，几多光滑几多坎坷，时光在指缝间汇成一条河；细细倾听，几多风雨几多苦涩，生活在起伏中谱成一首歌；细细凝望，几多日出几多月落，生命在斑斓中淡泊，在淡泊中思索，在思索中更加执着。其实短墙外，又是另一个世界。

总有一种记忆，让我们感动。喜欢的不一定拥有，所以多了一些盼望和梦想；拥有的不一定喜欢，所以多了一些无奈和感慨；记忆的不一定表白，所以多了一些沉淀和美丽。

记忆，只是一段经历，尽管精彩也是过去，尽管不舍也被时间渐渐遗弃，但记忆有一种淡淡的香味，总让人回味。

春天，是一个美丽的季节。

春天让人沉默。无须渲染，寂静如大雪后的旷野，只有执着才能留下坚毅的脚印；无须掩饰，平淡如清澈的泉水，只有静谧方能流深方能喷涌；无须表白，闲散如天空中的云彩，尽管绚丽缤纷，终归会随风而逝。

春天让人坚毅。一直相信，在大海的彼岸有一盏点亮的灯。尽管遥远，却总是照亮每个黑夜；尽管微弱，却总能指引每次凝望；尽管沉默，却总会澎湃心海澎湃岁月澎湃生命。把季节的变换折成一线纸鸢，托春风带去绿意；让消融的冰雪汇成一溪溪流水，托浮萍捎去暖意；把纯澈的情怀谱成一串串音符，托白云寄去一页页无声的心语。

在这美丽的春天，守一心的纯澈，无关疼痛无关甜蜜，只有一点点寂寞，一点点风声，一点点月下独自的情愫。其实人生的底色，是质白而简单的。

春天，是一个思索的季节。

每个人，都有自己寂静的片段。在温暖的阳光下，在静谧的月光里，在一个人的黑夜中，闭上眼，如在眼前；伸出手，如在眼前；睁开眼，却在心间。又值春天，又值这清澈如水的画卷，无言的情怀依旧那么涩然，不觉让人潸然。天上的流云，可否有我的信笺，可否还要等到下一个春天？

每个人，都有自己思考的空间。有时感觉心累，只想做一朵闲花，在春风春雨中随意摇曳。一花，一世界，却一世温暖，因为来过，因为无悔过；一花，一颗心，却一种轮回，因为绽放过，因为凋零过；一花，一滴泪，却一个千年，因为心碎过，因为期许过。

缘起缘灭只是一念，情短情长只是一生，潮起潮落，也只是一个轮回。没有感情，也许就没有疼痛；没有经历，也许就不懂珍惜；没有思念，也许就不知道深深的爱。凝望春天，谁为花而心碎，花又为谁而纷飞？

春天，在宁静中记忆，在记忆中美丽，在美丽中思索。捻一缕春风，让心如诗般淡静。

春天，一首直抵心灵的诗

采撷一朵雪花，写上一句心中的诗，遥寄春天；放逐一份心情，在这静默的流年，凝望岁月；吟唱一曲歌谣，无关风花雪月，只因这一年，这一月，这一天……

春天，悄然而至。

伸出手，触摸到了吗？闭上眼，倾听到了吗？敞开心扉，感受到了吗？那远山的呼唤，那跋涉的脚步，那岁月的风声，在路上在心坎里。不是因为心痛才伤感，不是因为无奈才伤感，不是因为思念才伤感，只是因为一曲伤感的音乐，一段伤感的文字，一个伤感的画面。

凝望春天，恪守一池清泉。风，轻轻漫过岁月的坎坷，把绿意挂在枝头，把温暖送达心灵；雨，默默潮湿凌乱的思绪，把感伤揉进风景，把感动谱成音符；心，浅浅掠过清澈的泉水，化作一叶轻舟驶向心的彼岸。

既是春天，让心也是春天；既是清水，让心也如水；既是美丽，让心也质白也简单。

凝望春天，行走在岁月的思绪中。岁月如晨，阳光就是絮语，给人温暖给人新的一天；岁月如暮，晚霞就是淡然，给人宁静给人深思；岁月如海，时而平静时而澎湃，让人感动让人感慨。无须看得太清，至清而伤，学会保持距离；无须计较太多，至多而无，学会体谅和豁达；无须埋怨太深，至深而已，学会懂得和微笑。

凝望春天，不言不语。不说话，不是没有话，因为有些话只能在心底，在渐行渐远的岁月里；不打扰，不是不想打扰，因为那是一片静谧的湖，一片清澈的湖;不流泪,不是没有泪,因为生命不相信眼泪,也从不会为眼泪妥协。

谁在春天修篱,谁在心里种菊,谁又在溪边静憩?

凝望春天,无憾无悔。人生有诸多遗憾,因为有时放弃了不该放弃的,坚持了不该坚持的。从世界到内心,是一种感悟,一种取舍,一种宁静;从内心到世界,是一种内涵,一种气度,一种情怀;从内心到内心,是一种渗透,一种穿越,一种融化。

其实,遗憾是苦涩的微笑,因为尽了力;遗憾是不得已的舍弃,因为尽了心;遗憾是善良的美丽,因为无愧。

凝望春天,让幸福一直与爱同在。幸福是脚下的一条河,涤荡着几多美丽,也澎湃着几多苦涩;幸福是生命中的一盏灯,驱逐多少阴霾,也送来多少期待;幸福是岁月里的一首歌,给了我们无尽的爱,同时也深深教会了我们。

春天,是一首直抵心灵的诗。雪花飞舞,那是爱在世界的默默承载;清风徐来,那是爱与天空精彩的对白;凝望春天,让心与爱同在,期待幸福的人生春暖花开。

微笑，在春天里

自然的风景最美，自然的心灵最真，自然的微笑最令人震撼。自然的风景，无须装点，洁净清爽，粲然入目，静然入心，令人铭记回味；自然的心灵，无须掩饰，清清浅浅，如一场雨，一首诗，一条河；自然的微笑，就是最美的一束花，一首歌，一道风景。

一溪水，一片林，一个人，心在心里。窸窸窣窣，柔柔软软，是落叶在脚下的低吟；清清浅浅，潺潺涓涓，是泉水在身边的歌谣；绿绿莹莹，纯纯净净，是春天的色彩，是生命的律动，是心事的无声。凝视湛蓝的天空，聆听啁啾的鸟鸣，牵挂遥远的风景，谁在无言，谁在叮咛，又是谁在描摹淡淡风景。

瞬间的是心动，沉默的是心声，永远的是心境。

春天，是一个季节，也是一种心情。静静坐着，让心事轻轻滑过指尖，凝结成如玑的文字；静静凝望，让曾经缓缓揉进风中，绽放成枝头的花朵；静静聆听，让心语浅浅掠过心湖，涟漪成无言的清澈。等待是美丽的，相遇是喜悦的，牵挂是幸福的。绚烂是一种平静，失落是一种积蓄，寂寥也是一种精彩。让时光有情，让岁月无悔，让生命永恒。

喜欢静静独处。一个人独处，就是一首皎洁的诗，就是一泓清澈的泉，就是一曲美丽的歌。独处的夜最静，没有嘈杂，如水自然流深；独处的心最真，没有虚假，如风自然随性；独处的人最美，没有刻意，如雨自然纯澈。独处的味道，苦涩中是甘甜；独处的色彩，浓郁中是清淡；独处的生命，真切中是伤怀。

独处的心不孤独，是在涤荡，是在积累，更是在享受。

仰望春天，凝视天空，让心如镜，如水，如歌。几度夕阳，几多变迁；几度浮生，几许伤感；几度花开花落，几次挥之不去的梦想。一片落叶，积淀了一份执着；一帆孤影，飘零了一些失落；一抹剪影，阐释了一世美丽。

喜欢在自由的清风里，让淡淡花香漫过思绪；喜欢在轻松的音乐中，让细细春雨洒落窗前；喜欢在纷然的世事里，找回自我，让生命微笑，简单，精彩。

春天里，踏歌而行

我愿做一溪流水，轻轻流淌，默默思索；我愿做一只秋蝉，抱树自暖，临风而歌；我愿做一只鸿雁，在天地间，在芦苇荡上，轻轻飞过。

春天，是窗外的一抹绿意。

冬去春至，让人温暖，又让人浅浅欢喜；闭目聆听，让人感慨，又让人默默沉醉；细细品味，让人沉淀，又让人深深思索。与春天相遇，是一种缘分，与美丽相遇，更是一种心境。缘分，有时是一场梦魇，有时是一场洗礼，有时则是一种灵魂的重生和力量。

启窗而望，那阳光，那微风，那淡淡的绿意，目不暇接，心旷神怡。

微笑，在这春风里。

风，从山那边，翩跹而来；从河对岸，涟漪而至；从藩篱间，带着一份洒脱，一份清纯，沁入心扉。它，浅释了心中的幽怨，淡然了一切尘世的烦忧。很多时候，烦忧源于内心。是自己想太多，才会如此难过；是自己舍不得，才去纠结更多；是自己装糊涂，才这样一次次浑浑噩噩。人，有时不能太自我，舍得才会获得，付出才能无惑。烦恼，悟透了，其实是一种刷新，一种力量，一缕拨开阴云的阳光。让心中，常驻一缕春风。

微笑，在这春雨里。

春雨，是一首诗，更是一种心情。它，静静洒落，洗净了自然，也潮湿了情怀；它，轻轻诉说，用清澈用美丽，演绎了一曲动人的歌；它，默默思索，用一种超然的姿态，了无的心境，在天地之间沉默着，微笑着。不困惑，不迷茫，因为路在脚下，路在阳光里，路在心中。雨只能让世界更唯美，更清晰，更透彻。

一些事，适合藏在心里，让它落寞成花；一些事，适合婉约成诗，让它随风吟咏；一些事，适合永远在梦里，也许握不住，也许看不见，可真真切切在心底。

微笑，在这春天里。

会微笑，就能面对挫折和阴暗，拥有一座清宁的城；会流泪，就能感知坚强和挚爱，相信世界在心中；会沉默，就能思索尘世和自我，做一个无憾无悔的行者。着一袭风衣，走在路上，让心如洁白的衬衣，迎着风雨，款款而行。

时间，让人看清了许多，也看淡了很多。世事难测，也许只有懂得简单，才会快乐；道路曲折，也许只有心存感激，才能坚强地走着，才能幸福地生活着；命运多舛，也许只有坚守一方执着、一种信念，才能沉默地微笑着，静看日出月落。

春天里，踏歌而行。用一溪流水，享受静默，享受生活；用一抹春风，享受自然，享受绿意；用一种心情，享受人生，享受岁月。走在春天，走在阳光里，走在灵魂最深处，找一个安静的位置，静静呼吸，默默聆听。

美丽，在落叶凋谢时

美丽，是一种自然，一种心境，一种令人心仪的内涵。自然的美丽，无处不在，需要静心发现，静心聆听，静心感悟；人类的美丽，随处可见，一句问候，一个眼神，一抹微笑，就是温暖，就是力量，就是勇气；生命的美丽，在于经历，一场场风雨，一段段路程，一次次拼搏，就是一种实现，一种提升，一种诠释。

秋叶枯，秋叶黄，秋叶落手上；秋夜长，秋夜凉，秋夜默心上；秋月光，秋月苍，秋月在天上。落寞了秋天，淡然了秋情，那是秋风在喃喃自语；沉寂了秋野，轻吟了秋诗，那是秋雨在轻轻飘洒；美丽了秋季，唱起了秋歌，那是秋心在跌跌宕宕。

秋雨，是一叶诗，是一首歌，是一段无言的心语。雨，沉默了夜，平添了几分宁静几分寂寥几分思念；雨，疏淡了风，洒脱了几许浪漫几许遥远几许美丽；雨，潮湿了心，涌起了几多愁绪几多奢望几多等待。无月色的夜，心里一片空白；无月色的雨，心里一声喟叹；无月色的曲，心里一缕烟尘。

静然伫立，一场秋雨一场凉。

我们不仅使用生命，更要享受生命。人世间最甜美的享受，往往是那些最古老、最自然、最简单的享受。愈是古老的东西，愈是生命的经历，愈能阐述至美的情愫；愈是自然的东西，愈是生命的本质，愈能牵动至深的情感；愈是简单的东西，愈是生命的永恒，愈能诠释至真的情怀。

活得简单，才活得自然，活得自由，活得自在。

既是秋天，让心也是秋天。走进秋天，伸开双手，让阳光蓄满，给自己一个浅浅的微笑;走进自然,闭目倾听那风那雨那生命,给自己一份自信一份执着一份无悔;走进人生,敞开心扉,让美丽让纯净让精彩常驻芳华。放松脚步,享受一路上的风景;放松自己,享受来之不易的生活;放松心情,享受痛并快乐着的幸福。

真正的梦想,永远在实现之中,更在坚持之中。累了,就停一停,让手贴着手,温暖冷漠的岁月;苦了,就笑一笑,让心贴着心,体味至爱的抚摸;哭了,就让泪水尽情流淌,痛彻心扉也是精彩。选择一条道路,就选择一种人生,一种无悔,一种执着。

独立深秋,遥望大海,让心飞翔。秋的美,让人无言;秋的伤,让人无语;秋的情,让人无心。秋的收获,给我沉默;秋的洒脱,给我浪漫;秋的萧瑟,给我坚强。

站多久,方为力量;行多久,方为执着;思多久,方为远见。岁月,给了我们美丽,也给了我们幸福,更给了我们血性。让这秋,这自然,这世界,容纳于心。

美丽,是一首永恒的旋律。

秋夜无言，遥寄一份心愿

总有一个地方，会记起一个人；总有一个人，会唱起一首歌；总有一首歌，会想起一些事。岁月，只能抹去浅浅的记忆，不会疏淡刻骨铭心的情怀；人生，只能沉淀斑驳的泥沙，不会忘记路过心的人事；生命，只能稀释风雨的沧桑，不会懈怠信念的追求。

秋夜无言，仰望明月，感知一叶秋的微凉，触摸一味夜的惆怅，轻捻一句诗的沧桑；微闭双目，细闻一缕桂花馨香，聆听一节竹箫吟唱，品味一樽清酒醇芳；低头思索，思量一路坎坎坷坷，沉淀一度寒来暑往，淡然一生潮起潮落。

菊花开处乃重阳，凉天佳月即中秋，冷月寒蝉，清秋无眠。

秋夜无言，手心向月，捻一曲箜篌，让明月，让清风，让这秋，捎去我的温暖，我的问候，我的祝福。月，本无色，色，本无月，谁是月，谁是色？海，本无岸，岸，本无海，谁是海，谁是岸？禅，本无心，心，本无禅，谁是禅，谁是心？既然永久，为何疼痛？既然看透，为何渐瘦？既然阳光在风雨之后，为何清水悠悠江上兰舟难渡？

独立无言，送一份街角的祝愿。月明，他乡月更明，禁不住思念无声；月清，他乡月更清，是否中秋人无影；月冷，他乡月更冷，秋凉加衣御寒风。桂花香，伊人断肠；清风吟，语满心伤；雁无声，几度思量。天涯与共，谁解那段玲珑；月寒露浓，谁知这抹风情；遥寄兰舟，更上小楼。

岁月苍颜，把酒问天，与君共醉。

秋夜无言，触摸这抹清风。风，其实就是一首清澈流动的诗。风，无色，却能让四季缤纷，让人领略大自然的美丽；风，无形，却能让秋叶漂泊，让人体味到岁月的浪漫；风，无味，却能让花香四溢，让人感受到生命的震撼。风的心事，雨懂；风的心语，月懂；风的歌声，心懂。依舟而行，风伴左右；遥望远方，风是鸿雁；无言心痛，风是知己。

秋夜无言，思索这味人生。人，其实真正陪伴你的是自己。喜欢自己，因为你是自己的唯一，不能选择，不能代替；善待自己，因为健康不会重启，不属于你的终会放弃，终会渐行远离；珍爱自己，因为人生只有一次，生命只属于你，只掌控在自己的手心里。漫天风沙，只会让视线迷离；喧嚣尘世，只会让弱者回避；不舍不弃，才是人生的真谛。

秋夜无言，感受这份幸福。幸福，是一种缘分，是一种感觉，是一种慢慢品味的过程。幸福，有时是大自然一道美丽的风景，让人赏心悦目，让人感受到生命的无限魅力；幸福，有时是一句简单的问候，让人备感温暖，让人激荡起生活的无尽追求；幸福，有时是一个眼神，让人豁然开朗，让人充满着自信的无穷力量。幸福的密码，一直在你自己的心里。

自然，让人更加美丽；生活，让人更加珍惜；生命，让人更加坚强，更加执着，更加无憾。寄情山水，豁达心境，淡然人生，做一个自然的人，一个简单的人，一个幸福的人。

独立静秋，人生最美丽的剪影

秋天终会过去，冬天总是不期而至。身边的，只是风景，难以入心；路边的，只是情怀，难以自抑；遥远的，只是夜空，难以抵达。和我一样，你只是大自然中的一缕清风，大漠中的一粒飞沙，大海中的一朵浪花。笑过，痛过，哭过，又如何？醉过，疯过，伤过，又奈何？来过，走过，无悔过。

独立静秋，心如止水。静，并非无声。每一次蜂飞蝶舞，都那么轻盈浪漫，让人惊叹；每一缕风掠叶动，都那么自然洒脱，令人心仪；每一丝雨落竹林，都那么空灵超然，使人心动。诸多妄想、惶恐、迷茫、愤懑，在这自然中浅释，在另一世界沉淀，在这心灵的沉静中升华，成为一声微叹，一抹微笑，一次经历。

我们穿越大地，只是经历生活。

生命中，有风，有雨，也有阳光。生命，因风而漂泊，因风而寒来暑往，因风而多姿多彩；生命，因雨而多情，因雨而欣喜忧伤，因雨而纯净清澈；生命，因阳光而温暖，因阳光而充满希望，因阳光而充满无限的信心和力量。

这自然，因生命而美丽精彩；这世界，因生命而充满活力；这情怀，因生命而痛快淋漓，刻骨铭心。

人生，如风，如雨，如酒。像风般洒脱浪漫，是人生的唯美；像雨般纯澈清然，是人生的追求；像酒般醇美如水，是人生的滋味。说走就走，是最美丽的姿态，也是最灿烂的自由；说睡就睡，是最华美的奢侈，也是最令人称羡的心境；说唱就唱，是最美好的情怀，也是最自然的心灵。

人生,其实就是一次无悔的经历。

人生,最宝贵的不是拥有多少财富,而是陪伴在你身边的人。几多风霜几多雨雪,谁能静静陪着你经历,默默付出却忘了自己;几多欢喜几多忧愁,谁能给你一份淡然,给你一抹浅浅微笑;几多年年几多岁岁,谁能一直执着,一直守候在你生命的路上。虽无影,却总在身边;虽无言,却总在呼唤;虽无语,却情怀依然。

人生,就是一场又一场的相遇。相遇,是缘分,无对无错,珍惜宽容才会永远;缘分,是灵犀,无近无远,随心随性才能永久;灵犀,是心动,无约无期,自然在心方能永恒。相遇的风雨,缘聚缘散的情怀,心有灵犀的感慨,在彼此的微笑里,在彼此的岁月里,在彼此的心里;它,无须强求,无须奢望,无须遗憾,属于用心者。

人生,难免有痛苦。痛苦,其实是一种提升。曾经以为过不去的,终究会过去,否则流的眼泪也就毫无意义;曾经难以割舍的,终究会放弃,因为它原本不属于自己;曾经无法忍受的痛苦,终究会成为一种经历,因为生活还要继续。

独立静秋,是人生最美丽的剪影。做好自己,放开不属于你的东西;面对自己,承受痛苦的磨砺;提升自己,享受岁月的风雨。

秋,还是这个秋;冬,终究会到来;你,还是你自己。

秋，澄净美丽的世界

秋，是一首无韵的诗，是一支无言的歌，是一行无声的泪。它，无须掩饰，因为是美好，是精彩，是人生中令人心动的风景；无须遗憾，因为是经历，是缘分，是生命中刻骨铭心的情怀；无须遗忘，因为是一抹风，是一场雨，是江水中无限心伤的兰舟。

一个人，有时为了躲避一个世界，会来到另一个世界。那风中的蜜蜂如一朵小花，稳稳地停在半空，好像在歌唱，在思索，在等待。那灵性的蚂蚁摇头晃脑，捋着触须，顷刻间像悟透了什么，转身疾行而去。那斑驳的树干上留着一只蝉蜕，寂寞如一间空屋，谁来造访，谁来居住，又有谁来修行？

飒飒的风，细碎的雨，孤寂的心，天凉又一个秋。

风来了，再次把沙子揉进眼里，无语泪流。秋的夜，如此静，让人微寒，心伤只为这个夏；秋的雨，如此凉，让人心酸，无言只为这个秋；秋的月，如此淡，让人凝望，期待只为这个冬。落寞的身影，依然如故；沉默的心境，不再如昨；燃烧的情怀，一直在心里。

跟我来，把酒临风，做生命的歌者，生命的舞者，生命的强者。

一个人的旅行，其实不是去证明什么，而是去找回自己。行多久，才知遥远，才知灵魂的荒漠，才知路的艰辛？思多久，才知执着，才知雪山的渴望，才知爱的浓度？等多久，才知痛楚，才知生命的坚强，才知心的方向？

高原的风，凄厉蚀骨；高原的雨，痛彻心扉；高原的美，在月的故乡，在海的心上，在追梦的地方。

人生的幸福，其实需要自己感受，用心体会。别人的赞誉，只是一种认可，一种态度，一种体现，实际上你还是你自己；别人的掌声，只是一个声音，一个微笑，一个表意，实际上生活还得继续；别人的欣赏，只是一缕清风，一泓清泉，一抹馨香，实际上岁月依旧，生命依然。

不要虚伪，无须炫夸，不必自扰，风轻云淡，一笑而过。

秋，可以释然，可以铭记，可以随性。静静地，如一缕清风；缓缓地，如一溪清泉；淡淡地，如一弯清月。习惯在落叶匝地的疏林里轻轻刻字，习惯在悠长的隧道里彻心呼唤，习惯在每个夜里手心向月，揉碎情怀。

一个人行走在风里，一个人微笑在雨里，一个人沉默在岁月里，享受寂寞，享受思念，享受这净净的秋天。美丽的秋，在你的眼睛里，在你的心里，在你的世界里。

秋雨,一叶流泪的诗

微雨霏霏,是清新,是自然,是感动,那凉意,是一种温暖,也是一种思念;大雨倾盆,是洒脱,是急骤,是震撼,那肆意,是一种刻骨,也是一种呐喊;冷雨成雪,是沉默,是升华,是凄美,那历练,是一种胸怀,也是一种感伤。雨,如诗洋洋洒洒让人回味;雨,如歌起起伏伏令人心动。

雨,静静飘洒,潮了眼,湿了心。轻轻的雨,不是凉爽,而是澄净,诸多情怀诸多苦楚,落寞如风,缓缓流动;浅浅的笑,不是心情,而是心境,诸多无奈诸多忧伤,沉寂如雨,默默滴落;淡淡的心,不是沉醉,而是沧桑,诸多喧嚣诸多纷扰,化为这风,这雨,这世界。

槐花携雨匝满地,留在心上的是:那季节,那脚步,那心……

雨,是一种优雅。它是一种穿透岁月的美丽。面对人生烦忧,不乱于心,淡然微笑,从容处之,是一种最美的姿势;面对时光荏苒,不困于情,栉风沐雨,踏歌而行,是一种最美的情怀;面对生命起伏,不惑于世,用心经历,坦荡如涤,是一种最美的优雅。人生情致,来自这种优雅。

若可以,把我留在雨里,留在青春里,留在最好的时光里。

雨停了,心情洒了一地。俯身捡起一片落叶,那清晰的脉络是纯净的心境,只是些许潮湿;闭眼聆听一抹流风,那轻声的吟唱是遥远的馨语,只是些许迷离;深深思索一段心事,那无言的沉默是碎心的情怀,只是些许伤感。

潮湿的是雨,也是心;迷离的是心,也是风;伤感的是渐去的岁月,永恒的是生命,是整个世界。

雨,是一种心语,是一种倾诉,更是一种情怀。用心听,如风轻抚心坎,有心事有清爽有眼泪;用心听,如花静默绽放,有花语有过往有思念;用心听,如诗轻捻时光,有沉默有淡然有伤痛。雨,只为有心的人飘洒,只为用心的人释然,只为唯心的人伤怀。

雨,是自然的精彩,是岁月的涤荡,是生命的美丽与永恒。

愿做秋雨中一只无花的果

雨，洗亮了秋天，把沉淀、凄凉和成熟的美，静静阐释；雨，揉碎了心事，把曾经的往事、沉浮和梦想，默默镌刻；雨，潮湿了心境，把诸多的浪漫、眷恋和情怀，浅浅纯澈。喜欢雨的柔美，雨的干净，雨的透彻心扉，只是喜欢，不沉迷，不堕落。愿做秋雨中一只无花的果，默默感悟着，深深铭记着。

月半弯，无雨夜凉，如水的秋。如一尾安静的鱼儿，沉溺在凉意彻骨的秋水里；如一颗孤单的寒星，颓唐在遥远的夜空中；如 串缤纷的音符，起伏在自己的世界，涤荡在自己的空间，演绎的是一首生命的旋律。把心情放逐自然，穿越极度的波峰与波谷，在岁月中沉浮。太完美，便没有瑕疵；没有瑕疵，便远离世俗；远离了世俗，心境也就淡静了。

风乍起，雨静静洒落。不要让冷漠的飞沙模糊了自己的视线，不要让怯懦的心境低估了自己的力量，更不要让生命的呼唤卑微了自己的生命。生命如这秋雨，有时毁于转身，存于刹那，永恒于瞬间，不要让遗憾、麻木和自责挑战自己的良知，尊重别人的生命其实是在尊重自己的生命。当我们伸出一根手指指向别人时，其余四根手指指向的却是自己的内心。

有雨，不一定心殇；无花，不一定无果。只想充实，只想沉默，不想堕落。愿背起简单的行囊，踏着寂寞的浪花，真切感知大海的声音；愿凝眸远望，看海那边看不到的彼岸；愿驻足回望，思索沙滩上那一串串如诗行的脚印；愿闭目聆听，触摸海的灵异，海的深邃，海的孤寂。享受海的无私、包容和慷慨，享受海的云卷云舒。不是海寂寞了看海的人，而是看海的人寂寞了海。

风雨兼程的路途，渐行渐远的岁月，黯淡飘摇的心境，心灵之花静然绽放。思念如海，浩瀚深邃地弥散在午夜的空怀里；寂寞如烟，清婉缠绵地萦绕在午夜的心弦上；淡静如水，干净醇美地阐释在无悔的人生中。是谁在浩瀚的秋光里独自楫舟，是谁在萧瑟的记忆里游离寻梦，又是谁把一盏心灯悄然点亮，心在飞翔。

只想静静坐着，无言诉说着岁月的过往；只想携手阳光，阅读湖水的安静与风的语言；只想微闭双眼，聆听自然的流淌，体味心境的徜徉。繁华落尽，静扫尘埃，好美；安静恬淡，旷世独立，好美；明亮心情，享受孤独，真的很美。微笑不语，端坐一隅，热闹与喧嚣，困顿与荣光，宁静于心，淡然于尘。

学会一个人走路，一个人思索，一个人拼搏，学会清淡地生活。以静穆安详的心灵，去体验孤独，体味痛苦，体会属于一个人的崇高。淡于声色，淡于名利，淡于世上一切欲望。珍惜自己，不再为别人活着，不再看别人脸色，不再避别人忌讳；洒脱自己，想笑的时候就笑，想哭的时候就哭；提升自己，活出精神，活出尊严。

退去年华，独享宁静。就让雨把头发淋湿，就让风把泪水吹干，爱依然没变，只是守候每一场秋雨，做一只无花的果。

秋夜无言，心如花般静静绽放

夜，如水般淡静；雨，如精灵般洒落；心，如大海般澎湃。持一把吉他，让我轻轻弹起，倾听来自心灵的声音；握一管画笔，让我尽情泼墨，绘就来自心灵的意境；燃一缕心香，让我深深回味，铭记来自心灵的华美。

夜，静然。习惯点燃一盏精致的香熏小灯，在午夜聆听时间的心跳；习惯守候一个无人的角落，于洁白的纸页上写满相思的惆怅；习惯站在满是繁花的树下，心轻盈得仿佛一片纯净的羽毛。愿成为秋水之湄守望的荻花，将思念根植成篱；愿迈着从容淡定的步履，挟一缕兰花的优雅，涉水而来，以微笑，叩响那人迹罕至的心扉。

夜，悠然。花开花落，暗香弥漫。花开是一种妩媚的感动，花落也是温婉飘逸的美丽。悠然暗香，朦胧隐约，轻灵透彻，纯净无瑕，厚积内敛，曲径通幽。品香于幽暗，如闻流水琤琮，动人心弦；品暗香于浮动，缥缈如雾如风，引人徜徉；品幽香于弥漫，如含苞的嫩芽，待放的花蕾，引人无限遐思。

夜，悄然。捧起书，将心浸染。书，是自己的房间，是自己心灵放逐的地方，是一处至真至善至美的亮丽风景。一本好书，会让人立刻安静下来，会让人有丰富的内心生活，会让人越来越明白：感知的非常少，非常多的东西不知道，不能自以为是。知其美，醉其味，久而不迷。让自己经常在书中豁达、淡然、游离；让自己在唯美的意境中，静静徜徉；让自己在震撼的情愫中，默然沉思。

夜，无言。让脚步停留，静心独处。独处时，听着一首伤感的情歌会无言泪流，得到一句浅浅的问候会心海潮涌，想起一段追逐的梦想会黯然神伤。累了伤了，不妨在夜深的时候让自己的心灵独自散步。只有在寂静的夜晚，才能洗去铅华，才能从容地审视自己。与自己的心灵对白，聆听心中最真实的声音。想哭就让泪流，想笑就开怀地笑。

秋，无言；夜，无言；雨，无言。秋，使雨拥有季节，拥有色彩，拥有唯美的情怀；雨，使秋更加清丽，更加澄澈，更加阐释了灵异。夜，使秋有些许深邃，使雨有些许惆怅。秋夜的雨，是大自然的心语，是大自然的画笔，是大自然的灵魂；它沉寂了心境，过滤了思念，荡涤了岁月。愿在绵绵的夜雨中沉醉，在大自然的怀抱中徜徉，在滚滚红尘中静静守望。那份奢望，那份痴狂，那份梦想，会一直在眼里，在手里，在心里。

无言，不等于无心；无言，不等于不想，不爱。无言而殇，无言而痛，无言泪流，是一种极致，是一种绝美，是一种震撼。岁月无情，红尘难渡，心海无涯，缘分有时如风，常常擦肩而过；有时如雨，浸透了每个人的心事；有时似火，燃烧了彼此，升华了生命。孤独非寂寞，默然前行，无怨无悔。

秋夜无言，用心倾听，用爱诠释，用情感受，让心灵之花静静绽放。

凝望秋天，聆听温柔的心语

秋天，一个美丽的季节，一个收获的季节，一个伤感的季节，一个多情的季节。一句秋语，带来了些许莫名的惆怅与忧伤；一场秋雨，让人流连在思念边缘，独自享受着孤独与美丽；一眸秋水，让人游离在秋天的思绪里，那么浓郁，那么令人着迷。

凝望秋天，总有一些感动在生命里留存，总有一些故事在记忆里定格，总有一些时光在掌心里缓缓流淌。留存的，让它渐渐绽成花瓣；定格的，让它默默留在心中；流淌的，让它静静成为永恒。

凝望秋天，携一阵琴声，穿过淡淡的寂寞；掬一捧白雪，舞出洁白的霓裳；捻一段岁月，让心事缓缓地落寞。指尖的风，是流动的天籁；指尖的花，是绽放的心情；指尖的雨，是静夜滴滴的殇。风雨在心，揉不尽相思的惆怅；月夜无言，挥不尽渴望的梦想；琴心不语，抹不去红尘的纷繁。守候清澈的心境，淡然生活，无愧于心。

生命中，总有些人静然守候，不离不弃；也有些人浓烈如酒，疯狂似醉，却是醒来无处觅，来去如风，梦过无痕。无数的相遇，无数的别离，无数的沉默，或许不舍，或许期待，或许无奈。独立红尘烟雨中，放逐心境，坦然面对，淡然处之，浅浅微笑。看花开花落无声，望云卷云舒无影，感缘来缘去无踪。

就这样，时间悄悄地流走，带不走的是那么忧伤的一声叹息；泪水默默地滑落，浸不透的是风干很久的痕迹，渐行不离。一些人，一些事，永远都淡不出记忆，也从来没有离开过记忆，只能隐蔽，只是一个人品尝着寂寞，独自慢慢享受着那份寂寞的美丽。那一帧美丽，镶嵌在柔软的心里，成为最美的回忆，最温柔的心语。

凝望秋天，独守心灵深处的角落，任时间在指尖轻轻流淌，夜未央，心空荡。静听渗入骨髓的旋律，让思绪随夜风缓缓漂泊，海浪涌，心落寞。人生不像梦，因为它太真实；人生不像酒，因为它太无味；人生不像棋，因为它不会重新来过。似水的流年是恬淡的时光，让笑容开始弥漫，让成片的芬芳在淡然的岁月里缓缓地绽放。

凝望秋天，凝望那层层飘飞的思绪，缓缓点亮夜空；聆听那段段如水的旋律，静静划过心海；铭记那句句涌动的诗行，深深镌刻人生。揉碎的音符，浸湿的伤痛落在内心最柔软的地方，化作春天的绿地，夏天的阳光，秋夕的林间和冬日的雪原。一直向往灵魂深处最大的震撼，一直在静谧中寻找一份期盼，蓦然回首，最真的却一直在身边。

也许安静是一种别样的美丽。安静地走路欣赏，安静地歌唱相伴，静听鸟语花香，漫赏云卷云舒，才是最享受的生活。也许安静是一种素朴，如墙角数枝梅，洁净得像一首诗。也许安静是一种修养，更是一种底蕴，是内心的沉淀，有不能言语的魅力。想做一片寂静的叶子，有一双清澈的眼睛，有一颗透明的心，有一个善感的灵魂。

凝望秋天，读懂了秋天。懂你，不必言语，不必刻意，只需浅浅的一个微笑；懂你，不必解释，不必躲避，只需轻轻的一声呼唤；懂你，不怨风霜，不怨雨雪，只需淡淡的一世铭刻。

凝望秋天，珍惜秋天。聆听那温柔的心语，月有圆和缺，人有悲和欢，我心依然。其实，无怨无悔也是一种人生的美。

落寞的季节，淡然的心情

秋的美，在于色彩，在于韵致，在于况味。用心默默欣赏，这幽谷，这溪流，这片片秋叶；用心静静聆听，那风的吟唱，那雨的倾诉，那心的感怀；用心细细品味，品味自然，品味岁月，品味苦乐相伴的人生。

秋的时光，最真。

读一本书，在书中去追寻阳光，追寻信念，追寻心中的世界；弹一首曲，让曲入怀，入心，又缓缓入梦；走一段路，感受什么是风，什么是雨，什么又是永久，永远，永恒。

把心握在手里，无愧天地，无悔人生，无憾这冷暖的尘与世。

秋的时光，最静。

月，无言。

月下，驾一叶扁舟，荡漾在江中。风清月白，一介青衣，渔火独明，为哪般？寒山古寺，奇峰之巅，一卷诗书，为谁渡？尘世落寞，鹰击长空，秋意无限，是谁弄？

琴，有声。

抚琴自咏，弦声无语。无须掩饰，那是一种刻骨的情怀，总想起生活中的点点滴滴，是是非非，坎坎坷坷。为什么看到的总是远飞的大雁？为什么闻到的总是风的味道？为什么心总是莫名地惆怅，莫名地彷徨，又莫名地激荡？

音乐，能把思绪扯得很近，又很远。寂寞时，音乐是一种陪伴，源自灵魂深处；仰望时，音乐是一朵白云，源自纯净的天空；思念时，音乐是一种声音，源自爱的围城。音乐，是一杯醇厚的酒，浅尝辄醉。

心，幽静。

坐在一个角落，总是发呆。不想说话，因为无话可说，世上本无语，唯有心；不再飘零，因为世事难测，所谓的一切，就如一场梦；几声苦笑，笑自己，笑人生，笑这个世界。站成一道风景，看秋叶飘飞，不知哪片是我，我又是哪片。

秋的时光，最美。

把心事揉进岁月，也许会记得，也许会渐忘，也许会沉默；把情怀放逐流年，也许会激扬，也许会平淡，也许会疏离；把一切归于空无，也许会释怀，也许会明了，也许会超脱。

给自己一段岁月，出去走走。可以沉默，笑看落花飘零，风轻云淡；可以仰视，静听世间万物，寒来暑往；可以呐喊，唱出心中所有的梦想，自由飞翔。

秋的时光，最真，最静，最美。

静静地，这多情写意的秋

轻轻的风，静静的雨，暖暖的心，走在树林里，走在熟悉的风景里，走在又一个秋季里。

秋，其实是一种心境。

秋的天，是一幅大的写意画，澄澈博深，达然于胸；秋的风，是一首萧瑟的诗作，自然成趣，美丽在心；秋的思，是一种微笑的沉默，慨当以慷，人生几多？

让心如一夜秋雨，一涧秋溪，一枚秋叶，去感、去悟、去净化。

窗外，是一夜秋雨。

雨中的秋，少了几分燥热，更加自然、干净和清爽；深夜的雨，多了几分洒脱，更加浪漫、成熟和静谧；心中的世界，因为这个秋，这场雨，这扇窗，而温暖而敞亮而永恒。

林中，有一涧秋溪。

枫叶翩飞，似曾相识雁何来，可否渡我？潇潇雨歇，寂寞梧桐锁清秋，又上心头；一程山水，海上皓月怎如钩，欲言还休？几多平静，几多澎湃，几多淡然，虽颜瘦衣宽，却风采依然，真心永远。

心里，飘一枚秋叶。

置于手心，写上一首小诗，让它随风飘零，也许风能读懂它的心事，它的情愫；放逐溪水，让它顺流而去，也许水能带它远行，带它奔向大海；放飞岁月，让它落寞沉寂，也许岁月能让它破茧化蝶，唯美成曲。

做一枚秋叶，在风中，在雨里，在这大自然的怀抱里，享受生命，享受岁月，享受一切。

夜深，幽静，无眠。独坐一隅，轻捻一段音乐，徜徉在思绪的旷野。秋夜凉，心依旧暖，因为梦在；秋水净，岁月依然，因为永远；秋风起，人生无憾，因为这世界，这真挚的爱。

每个人，其实都需要一种力量。它，源于内心，如一江秋水，时而平静时而澎湃，自然而执着；它，来自生命，如寒暑易节，平凡着美丽着微笑着；它，放逐于世界，如凌空的雄鹰，凝视一切聆听一切感悟一切。紧握手心，放松心情，用一季秋的情怀，体味这尘世的冰冷与温暖。

人生，如这个静静的多情写意的秋。少些哀怨，多些平淡，只有蹲下身心，才会发现世界如此美妙，生活如此幸福，才会发现道路越走越轻松，越走越自在。

这冬，这雨，这一季沉默的情怀

最自然的风景，其实最美丽；最自然的情怀，其实最真挚；最自然的东西，其实最令人感动。

冬天的雨，是一种心情。

那黄叶，潮湿凄凉，却干净清晰，也许飘落是为了更美丽地绽放；那树林，萧瑟静谧，却空然质朴，也许沉默是为了下一个春季；那脚步，零落寂寥，却坚毅无悔，也许孤独是为了温暖地陪伴。

冬，源于自然，却逝于流年；雨，来自天际，却落在心里；心，始于脚下，却吟唱在岁月，放逐在世界。

这冬，这雨，让人思索。

活着，需要一种姿态。没有纷纷扰扰，因为明白要什么，做什么；没有迷迷糊糊，因为清楚我是谁，谁是我；没有冷冷清清，因为懂得阳光的温暖，懂得心灵的彼岸。活着很难，却是一种期盼；活着很苦，却是一种幸福；活着很累，却是一种无怨无悔。

活着，总有你不喜欢的人，也总有人不喜欢你。如窗外的风景，有阳光也有风雨，其实都是一次经历，无所谓来去；如渐去的岁月，有感动也有悲戚，其实都成一道痕迹，无所谓回忆；如心中的情愫，有温暖也有叹息，其实都将一一褪色，无所谓记起。用自信撑起一个自己，抬头走路，用心做事，你会发现：这个世界，原来如此的美丽，它一直就在你的眼里，在你的心里。

在生活面前，其实我们都是孩子。总以为展翅飞翔，最终明白支撑自己的，不仅是阳光，还有风雨；总以为已经长大，只不过是多了些欲望，也多了些勇气和责任；总以为只有自己，走出去才懂得这世界多么精彩，又多么令人感慨。生命，给了我们经历，也给了我们不同的美丽；岁月，给了我们静默，也给了我们更多的思索。做好自己，像个孩子般地微笑着，享受着，生活着。

这冬，这雨，让人感慨。

做人，要像一杯水。无色则纯，只要心里清澈，世事皆易；无味则淡，只要心里明了，万物皆空；无欲则刚，只要心里释然，一切皆无。赋予阳光，它会给你温暖，给你简单的幸福；赋予微笑，它会给你美好，给你烂漫的世界；赋予沉静，它会给你思索，给你无限的力量。像一杯水，静静地，清清地，坦坦荡荡地生活。

人生的诸多烦恼，其实源于自己。风的摇曳，是一道自然的风景，无须牵强；雪的飞舞，是一页自然的诗词，无须奢念；心的悸动，是一抹自然的情愫，无须过多在乎。每一天，是一种终结，也是一种开始。无论过去多么美好，都将成为过去；无论现在多么不好，我们都在经历。

雨，静静地飘洒，这个冬季，不再忧伤，也不再寒冷。给生活一个微笑，给自己一个微笑，整个世界就会无比灿烂。

剪一份爱，在这个静默的冬季

爱，是一种至纯至真至美的情怀。爱是一杯水，一杯清澈的水，常常让人无言心醉；爱是一滴泪，一滴滚烫的泪，常常让人无语心碎。爱不是桎梏，是一种解脱；爱不是奢求，是一种懂得；爱不是一张网，是自由，是力量，是飞翔。

风起的夜里，一个人，静静听雪。那份洒然那份细致，空灵曼妙，沁人心脾；那份纯美那份执着，清幽虔诚，让人心动；那份通透那份灵动，自然质洁，大美无限，让人痛快淋漓。

雪是一首歌，一段段，一程程，给人最强烈的震撼；雪是一首诗，漫天漫地，粉妆玉砌，给人最沉默的精彩；雪是一个世界，至净至洁，至真至美，给人最自然的心动。

雪花，开在宁静的冬天里。走过岁月，才有闲庭里的月下独酌，才有甜涩的青葱回忆，才有花开花落的悠然情怀；走过岁月，才有微风下的娉婷摇曳，才有细雨中的恬淡静雅，才有清逸的阵阵花香；走过岁月，才有阅尽世事的从容智慧，才有对生命的透彻感悟，才有对生活的深刻理解。

像一朵恬静的雪花，怡心而静然。

徜徉在无风的海洋，预约一缕白发上的月光，让心归零；独步西楼凭栏处，高举一樽难言的苦酒，将心咽下；大漠飞鹰一路向北，胯下赤兔月如钩，谁懂谁知谁为心伤？掬一捧土，撒向天地，只为曾经心动的风景；吟一首歌，独自静唱，只为这刻骨铭心的冬。

寒风过处，大雪无痕。

人生,最美不过是这个冬天。常常会因为一首音乐而甘愿堕落,常常会因为一个地方而失去自我,常常会因为一句承诺而地老天荒。没有雪的冬天,其实孕育着春天;没有你的世界,其实思念最暖;没有爱的消息,其实生命最苦最惨最难。

风,永远不会迷失视线;路,永远不会因谁而无路可走;心,永远刻在奈何桥头。

这个世界,其实是寂静的,是美丽的,是永恒的。日月星辰,是一道最简单的风景,更是无言的感动;春夏秋冬,是一种最平淡的轮回,更是贴心的温暖;风霜雨雪,是一抹最自然的情怀,更是心灵的净化。因为活着,就得坦然;因为阳光,就要微笑;因为生命,就会无悔。

剪一份爱,在这个冬季,在这个岁末,在这个静默的流年慢慢咀嚼。

思绪,放逐在这个冬季

谁,翻阅了记忆的信笺,把心事揉碎成风,落寞在这个冬天;谁,徜徉在岁月的河岸,把美丽吟咏成诗,摇曳在这个季节;谁,捡起了沙滩上的贝壳,把心声遥寄成月,清冷了整个世界。望苍天,临风而言:这个世界,我来过;这个季节,我等过;这个冬天,我无悔过。

伫立在岁月的十字路口,凝望思索。

潮来潮去的人流,谁是谁的缘分,谁是谁的唯一,谁又是谁的生命;车来车往的路途,谁是谁的车站,谁是谁的起点,谁又是谁的终点;缘起缘落的人生,谁是谁的寂寞,谁是谁的温暖,谁又是谁的等待。左手的冷暖,右手知道;思念的深浅,心知道;心的距离,其实只有自己最清楚。

空山寂寂,独望苍天。拣一截枯枝做笔,写尽冬之寒冬之荒冬之凉;捻一缕冷风做歌,吟尽心之语心之痛心之悲;点一节白烛,燃尽天之淡地之遥人之殇。半生路途,水流无声,花深终是为泥;孤芳自赏,抱肩自暖,只是空落一地飞雪;天心月圆,松涛静默,疏淡了几分落寞的岁月。

那寒枝,多凉多冷,唯有自己知晓。

遥望山顶,喜欢那株野生的树。纵横驰骋的枝丫,极其自由极其奔放极其豪迈,只因是一颗野生的种子;不拘一格的姿态,极其放肆极其傲慢极其野蛮,只为有一颗干净的心灵;坚毅刚强的性格,极其沉默极其倔强极其精彩,只是以一种淡然情怀屹立天地之间。

不要华美娇容,不要众星捧月,不要斯人可想,只要一份深深的懂得。

一个人,就是一次修行。一个人静静走路栉风沐雨,纳日月之精华容天地之灵气，是一种胸怀；一个人默默吟唱横笛竖箫，观秋月之静谧听春风之柔美，是一种气度；一个人淡淡思索凝望聆听，寻自然之唯美感生命之豪迈，是一种大气。所有的沉浮，在一一落幕；所有的喜愁，在一一沉寂；所有的所有，也在一一禅然。

今生，我们所求所想所要的，到底是什么？跨过岁月蓦然回首，才知道：最后撑起内心的，只有自己；揽镜自赏难挽春秋，才懂得：真正美丽真正永恒真正应该珍惜的，其实一直在我们身旁；放逐心绪执着信念，才感到：人生如此短暂，苦难如此漫长。

因为寒凉，所以才有最厚实的温暖，最贴心的关怀，最实在的亲情；因为大海，所以才有这蓝色的徜徉，白色的飞翔，斑斓的心事；因为执着，所以生活才最美，最真，最淡。就这样，让思绪静静放逐在这个冬天。

冬的絮语，一幅写意的水墨画

岁月，是一首无言泪流的歌。岁月无情也有情，更多地让人难以诉说，难以回味，难以搁置；岁月无声也有声，更多地让人几度感慨，几度忧伤，几度徘徊；岁月无心也有心，更多地让你让我让他些许珍惜，些许感动，些许执着。岁月，是一首灵魂里的歌。

冬雨，悄然而至，潮湿了夜晚，潮湿了思绪，潮湿了心扉。雨落枯叶，几许琵琶声，凄切寒噤；风过流年，几多翰墨香，难言酸楚；崖下栖心，孑然孤行客，凌然徘徊。这雨，是冰冷的，也是温馨的，因为有心；是纷杂的，也是沉默的，因为有情；是单调的，也是缤纷的，因为有美。

伸开双手，敞开胸怀，感受这大自然的洗礼。

冬季，是一幅写意的水墨画。风，是一截画笔，轻描淡写，却让水瘦山寒，彻心彻骨；雪，是一场洗礼，飘飘洒洒，却让世界静默，一切寂然；心，是一轮残月，简单清冷，却让人感叹感怀感伤。给我一种心情，让我温暖；给我一种期待，让我不再飘零；给我一杯水，让我不再有记忆。

爱，是否在冬季，是否在眼里，是否一直在你的心里？

静坐海边，品味一个人的沉默。沉默是冬日，暖暖地，把心事轻抚，捻碎成身边的风，让人苦苦地笑；沉默是浪花，静静地，把曾经倾诉，跌宕成天边的雁，让人轻轻地叹；沉默是大海，缓缓地，把情怀揉碎，澎湃成心中的歌，让人淡淡地痛。海的风景，天懂；海的思念，水懂；海的胸怀，心懂。

沉默，是等待的美丽。

遥望天边渐渐隐去的霞光，心里万分的惆怅。曾经的美丽，是否只是岁月中的过往,已成为一片苍茫;曾经的感动,是否生命中的恐慌,总会是一缕心伤;曾经的期待,是否最后是华丽的泡沫,终究成为一场破碎的梦。一转身,也许就是一辈子;一覆水,也许终生难收;一放弃,也许永不再来。

心碎无声,泪落成花。

感恩这自然,感恩这世界,感恩这缘分。风的浪漫,为寂静的世界渲染了斑斓的色彩;雨的飘洒,为寂静的岁月送来了纯美的清凉;心的感动,为寂静的生命平添了诸多的情愫。无须言语,感受温暖;无须阐释,感受亲情;无须寻觅,感受幸福。那时光那微笑,是美丽;那遥望那呼唤,是感伤;那叮咛那背影,是唯美,是永恒。

这个世界,其实很美丽。有一双清澈的眼睛,可以惯看风花雪月,可以微笑,可以流泪;有一双坚实的脚,可以穿越大漠大海,可以驰骋,可以丈量;有一双勤劳的双手,可以采撷时光岁月,可以紧握幸福,可以浅释烦忧。

爱到深处,已经无语;等到深处,已经无意;痛到深处,已经无泪。忙碌着,奔波着渐渐是生活;思考着,温暖着渐渐是习惯;坚持着,淡然着渐渐是胸怀。世界,美丽在心。

掬一捧雪花,静静地让思念地老天荒

给我一杯清澈的泉水,我可以容纳整个世界;给我一片洁白的雪花,我可以澎湃整个心海;给我一季冬天的温暖,我可以美丽整个人生。多想融入大自然,尽情呼吸;多想成为一朵白云,随风漂泊;多想化作一缕尘埃,浴火重生。人生,是一条大河,奔腾不息;人生,是一首歌谣,风景无限。

凝望冬季,静静放逐思绪。采一枚雪花,放飞在空中,让它随风;捻一片枯叶,呵护在手心,让它随梦;吟一首小诗,揉碎在岁月,让它随心。自然,赋予大自然每个生命,自有它生存的法则,无须强求;时间,赋予人生不断历练,自有它沉淀后的平静,无须强留;美丽,赋予美好的心灵,自有它感悟的情怀,无须强寻。

让心如雪般质洁纯净,如明镜般透亮清晰。

冬天的花开了,那是漫天飞舞的雪花。习惯了文字,可文字的表述总是苍白空洞的,可不可以让它如水,浅浅地流淌;习惯了沉默,可沉默的情怀总是无奈无助的,可不可以让它如雪,默默地绽放;习惯了一种习惯,可这种习惯总是独自伤感的,可不可以让它如心,静静地飞翔。

像雪花般微笑。微笑,是人生中一抹淡淡的风景。开心时微笑,是沉静,是简单的幸福;痛苦时微笑,是通透,是难得的心境;沉默时微笑,是率性,是真实的释然。微笑的姿态最美丽,如泉水般清雅;微笑的颜色最斑斓,如流风般烂漫;微笑的情怀最贴近,如阳光般温暖。

微笑,是一种生活态度,是一种令人心仪的气质,更是一种生命的懂得。

雪花,绽放在天际,绽放在枝丫,绽放在心里。它翩跹空中静默无声,无须表白,因为来自遥远天幕;它散落枝头淡然无语,无须炫耀,因为经历无数磨砺;它融化心里,无须骄傲,因为它与爱同行,与心共舞。

雪花,是掌上一首小诗,轻盈隽永;雪花,是冬季一幅国画,写意无穷;雪花,是另一个世界,另一抹心情,另一种心境。

用心细数岁月。岁月,是一首动听的歌。有没有一个地方,总想到达却难以接近,在最深的岁月里已经成殇;有没有一种情怀,总想拥有却难以占据,在最深的生命里已经成灾;有没有一个故事,总想讲述却难以启齿,在最深的红尘里已经默然成曲。失去了才知道珍惜,风雨过后才懂得温暖。

如果生活为你关上了一扇窗,必定为你悄悄打开了另一扇窗。飘落的雪花遇物而融,既跨越了生命,又踏上了新的征程。让路朝着心的方向,一直默默地走。

走在路上,其实是走在心上。一路上的风景,只是风景,虽美却难以入心,只想用手来感受另一只手真实的温度。尽管路途艰难遥远,季节更替,盼望依然,期待依旧。静望天际,用手捻一朵雪花,让一种思念静静地地老天荒。

这冬，这雪，这寂静美丽的世界

每个人，都有一片属于自己的树林。清晨，心是透明的，踏露漫步，脚下柔柔软软，那是季节的温暖；日暮，心是质白的，踏月静立，身边窸窸窣窣，那是落叶的絮语；梦里，心是飘荡的，踏雨而行，隧道幽深而漫长，那是天边的呐喊。风中摇曳的是谁的歌谣，树上镌刻的是谁的名字，生命的路桥上，又是谁在凝望，谁在等待。

冬天，是一个冷漠而美丽的季节。水瘦山寒，沉寂了多少绿意多少喧嚣，是一片空白，也是一段写意；风狂雪舞，肆虐了多少繁华多少萌动，是一种凄楚，也是一路磨砺；天寒地冻，肃杀了多少期待多少梦想，是一声长叹，更是一个新的起点。视线在风沙中清晰，热血在寒冷中澎湃，脚步在冬季里追逐。

冬天，是永恒的季节。

冬季，总是不约而至。谁在风中，凌寒而立，把一缕缕愁绪镌刻在沉默里；谁在河岸，孑然而憩，把一捧捧清水轻掬在岁月里；谁在月下，抚琴而吟，把一抹抹心扉揉碎在歌谣里。雪，是冬的色彩，是冬的心事，是冬的烂漫；风，是冬的使者，是冬的心声，是冬的篇章；那谁，是冬的温暖，是冬的牵挂，又是冬的情怀。

笑看落雪，雪无语，却岁月有痕苍颜几许；倾听冬语，冬无声，却枯叶纷飞风雨几番；轻捻心事，心无憾，却苦楚难言，忧伤几多。伸开双手，指尖流动的是一抹流风，也是一场空；敞开心扉，胸中澎湃的是一腔热血，也是一个梦；驻足凝望，远方承载的是无言的执着，也是恬淡的心境。

这世界,其实是寂静美丽的。

给我一个权利,让我走进你的世界。采一冬雪花,跨过海洋,融化在你的手上;寄一季寒风,穿越岁月,叮咛在你的梦乡;携一程山水,纯澈心境,徘徊在你的身旁。漂泊的脚步,永远朝着心的方向;沉默的影子,依旧映在河的岸上;难言的情怀,可曾永久这样的彷徨,这样的忧伤,这样的跌宕。

月无影,冬雨不止,心在何方?

我是一朵雪花天上来

我是淡淡的一朵雪花，轻轻浅浅，简简单单。我来自飘逸灵动的云，来自湛蓝如洗的苍穹。我曾柔美翩跹，润物无声；曾极速如电，横扫碧野；曾如水夜凉，恬静凄婉。此刻，沉寂的心凝结成片片雪花，静静绽放，默默飘洒。

飘落无痕，相依北风，雪如无声的心语，在睫毛上轻轻凝聚；低眉浅笑，夜语缤纷，身在寒冷中沉寂，心在岁月里落寞；清晰的目光，沉甸的情怀，如潮般的温暖，枯槁了容颜，定格在花期。水湄清灵的韵致，沉香暗转的素雅，恰似流风飞雪，恰似梦中温纯，恰似守望的雪人，融化在视线，潮湿在心头，遥远了眷恋。

雪是灵异的。伸开手，雪，融化在手里，在心里，在漫长的岁月里。面对寒冷，可有炉火温暖手，可有微笑填满家。面对孤独，默默留下一片无瑕。踏雪寻梅，是梦中的童话；花瓣纷飞，飘扬着谁的长发？轻摘一朵，在最寒冷的日子里相伴天涯。那缤纷的缘分，那苦苦的守望，在这个冬季又是谁堆砌窗外的雪人。

雪是羞涩的。羞涩，是一种沉默，一种内涵，一种世上最美丽的色彩。懂得羞涩，就懂得感恩，懂得尊重别人，懂得爱；拥有羞涩，就拥有自尊，拥有简单柔美，拥有梦想；品味羞涩，就是品味幸福，品味平凡岁月，品味生命。它如一抹彩云，装点湛蓝的晴空；像一弯月牙，默默如水夜凉；似一泓清泉，静静澄澈在心灵的最深处。

雪是微笑的。微笑，是一份从容，一种领悟，一种淡然的精彩。面对争奇斗艳的鲜花,欣赏而不沉迷,浅浅一笑。面临猝不及防的风雨,应对而不慌张,默默一笑。面对沉浮跌宕的生命,自豪而不逃避,微微一笑。痛苦一次清醒一次,失败一次深刻一次,受挫一次明白一次。给自己一个微笑,给自己一场飞雪,给自己一次感动的心境,让心情舒畅,让心胸开阔,让人生更美丽。

我,是一朵雪花,在风中默默漂泊,在静谧中轻轻飞舞。我,简单而朴实,在大自然中阐述清冷纯白的时光;我,睿智而从容,在颠簸岁月里改变迷离的心乱;我,恬静而倔强,在凄美的世界里阐述落寞的怆然。我,用一份执着,堆砌成雪人痴痴守望窗外;用一份感怀,凝结成音符编织成一曲歌谣;用绝世唯美,穿越无尽的切切思念。

在我眼里,雪是智慧的心曲,是思想的灯盏,是灵魂的美韵。它如一束温煦的阳光,闪耀着晴朗的美丽;如一缕清新的风,自然着四季的爽朗;如一泓流深的泉潭,涤荡着唯美的心境。它,是一种成熟、奋进和坚强,是感染人的气质、涵养和风度,是对人的理解、尊重和热爱。

我是一朵雪花天上来,让雪成为生命中最纯净、最震撼、最壮丽的诗篇。

清寒冬夜，一缕情思静静流淌

谁知溪水滑过指尖的瞬间，是最为快乐的时刻；谁知冬雨清凉飘落的夜晚，是最为伤感的片段；谁知音乐穿透岁月的过往，是最为精彩的沉默。人生是一种体验，过程永远比结果更值得回味。忘却渺茫又飘忽的未来，体验人生的美丽，且行且珍惜沿途最美的风景。

冬日黄昏，风柔动，心静然；暮色四合，星闪烁，心漂泊；月凉似水，是阕词，是首歌。遥远的微笑，扰了心绪，复苏了文字，茫然了思念；纷杂的印记，迷了眼，伤了梦，醉了心；无言的眷恋，渲染了岁月，饱满了时光，永恒了红尘。当叶子静静铺满山坡，当月光缓缓揭开心事，当思念渐渐镌刻生命，也许只有等待，只有守候，只有让心沉淀。

凝望浩瀚的夜空，斑驳的记忆，已退尽了芳菲的年华；感伤的诗行，在绽放着心语的幽香；缤纷的夙愿，起伏在静默的时光里。一个人，如此的清净，如此的孤寂，如此的沉默忧伤。迷离的眼神穿越生活的片段，季节的转换充斥着挣扎的过往，那涌动的旋律诠释的是心动的美丽和凄凉。哭过笑过，奔波劳累过，痛彻心扉过，只想多点回忆。曾经，也只是曾经，也只能是曾经。

冬夜清寒，燃一支心香，温一壶月光，择一隅静坐，时间捻碎成淡淡的文字，悠悠的旋律。西风紧，北雁南飞；心憔悴，雾凉霜寒。一抹相思，几许愁。忧伤如潮般浸湿了手心，浸湿了思绪，浸湿了岁月。一杯苦丁，几多思。心动心碎的美丽，怎堪遥远，怎堪梦中。

是否在遥远的地方，是否在同样的夜晚，是否和我一样，也在静守一份简单，静守一份宁静，静守一份厚重。简单得如不期而至的季节，如冬日的阳光，如流畅的旋律；宁静得如一汪流深的静潭，如一望无垠的沙海，如一叶大海中的孤舟；厚重得如一本书，如一阕唐诗宋词，如无言的岁月。没有浮华、争艳和叨扰，敞开内心、情感和真实，光着脚丫奔跑在渴望的路上，真实简单，朝暮自然。

已经习惯独坐一隅，习惯静静欣赏，习惯默默思考，让心淡然沉静。习惯欣赏那灵动的文字，如涓涓细流，无言流淌心底；习惯欣赏那唯美的自然图片，如卷卷梦境，窒息震撼着心灵；习惯欣赏那忧伤的音乐，如风如雨，阐释着心灵的独白。无须掩饰，无须表白，不拒绝网络，不沉迷网络，让网络成为生活中至纯、至美、至真的一道风景。

别样的季节，别样的夜晚，别样的心境，将思念捻碎，把梦想放逐，让情怀律动。冬夜的肃杀又一次将心击伤，独守角落，静静编织属于自己的世界，守候美丽，默默期待生命的唯美和浪漫。

雪映寒梅,在这静默的时节

冬,萧瑟而寒冷;雪,静默而飘洒;梅,浓郁而芬芳。雪映寒梅,在最寒冷时绽放,在岁月最深处荡漾。

寒冬时节,正值山村大雪纷飞。一个人闲来无事,便收拾一份心情,推开久闭的那扇柴门,来到静静的旷野,来到一个童话般的世界里。

崎岖的山路,是厚厚的雪。心,依然惆怅,依然落寞,依然在默默地思量……

伫立凝望,山坡上有一株树,就像一幅简约的水墨画。

它屹立在风雪中,不停摇曳着。几抹墨迹勾勒出它的形状,它的姿态,它的心情。萧疏的枝头,竟然挂着零落的果子。那些果子,几近褪色,几近干枯,却很醒目,令人惊奇;那些果子,曾经鲜艳,曾经梦想,虽被时光渐渐冷落,却依然守望;那些果子,是否为因饥饿而迷失的青鸟而等待,是否为一种梦想默默守候,是否在等待一颗心?

也许,这是一种臆测,一种揣度,却让人懂得,大自然是温情的,生命是温暖的。

依坡而行,沟边的藩篱内有几株怒放的梅树,傲然挺立。

粉红色的梅花,依枝在雪中绽放,不言不语,不骄不躁。是雪花灿烂了梅花,还是梅花温暖了雪花,我不知,不想知,也不必知。因为岁月里,各自有心情,各自有美丽,各自有各自的永恒。

在这时节,我看到了梅花的浓郁,闻到了梅花的芳香,触摸到了雪映寒梅,也让我懂得:大自然是斑斓的,生命是烂漫的。

人世间,有冷就有暖,庆幸也罢,埋怨也好,我们都躲避不了。其实,生命是美好的,在珍惜的同时,我们也在享受。因为也许转眼就是流年,转身一切就不再。

这冬,这雪,这梅,让我看到了自己,明白了自己的心,让我深深懂得大自然是博大的,生命是可爱的。

一个人的时光

独守一隅,是一个人的时光,是一个人的沉默,更是一个人的精彩。静静坐着,默默听歌,淡淡写文。一页页文字,一张张图片,一首首音乐,如江上小舟,如水中落花,如一抹流风。不为华彩,不为称美,不为虚浮,只为心中的梦想,只为匆匆的岁月,只为执着永恒的生命。

一个人的时光,最静。

一架钢琴,一孑身影,一首遇见,是你;一个空间,一种装扮,一份心境,是你;简单做人,简单做事,简单生活,也是你。静静的图文,静静的音乐,静静的情怀,是你的美丽;静静地凝望,静静地思索,静静地经历,是你的岁月;静静的夜,静静的雨,静静的心,是你的世界。

静的时光,如水流淌。

一个人的时光,最真。

不需太多言语,不需太多表白,不需太多解释,你,就是一份美丽,一份真实,一份深深的懂得。两年以来,每一个清晨,每个六点半,每一条心情,就是一缕晨曦,一溪清泉,一片心海。你做了一件简单的事,一件别人不屑一顾的事,一件让人叹服、让人心服、让人泪流的事。你的情怀,你的歌声,你的沉默,是清婉,是唯美,是绝版。

真的时光,如雨纯澈。

一个人的时光,最美。

一个人的思想,不可复制;一个人的情怀,无法替代;一个人的生命,永远是一道美丽的风景。你的眼里,美无处不在:一片树叶,就是一首小诗;

一轮月色,就是一种思念;一溪流水,就是一种聆听,一种心情,一种世界。你的心里,大自然是美的,大世界是美的,大情怀是美的。你的思想阐释了一个平而不凡的道理:美丽,其实在每个人的眼睛里,在每个人的生命里,在每个人的心里。孰是孰非,孰错孰对,孰笑孰哭,尽在不言,尽在音乐,尽在文字里一一回味。

一个人的时光,最静,最真,也最美。

一人，一心窗，一世界

推开一扇窗，我看到了世界，也看到了自己的心。

窗外，是另一个世界。

一枚秋叶，在不经意间飘落，揉碎了季节的忧伤；一缕月光，在静静的深夜，婆娑着我的心房；一粒尘埃，在岁月的深处，涌动着诸多情愫，吟唱着几多诗篇。不必慌乱，闭上眼睛，能听见自己的心跳；不必太累，停下脚步，会看到风的徜徉，雨的美丽；不必叹息，伸出手来，温暖其实一直在身旁。

抚摸着窗台，感受时间的律动。时间，有时候是一种宽恕。无法释怀的，放逐时间，就是一段经历；不能割舍的，赋予时间，就是一个记忆一声叹息；难以解释的，融入时间，就是一种结局一抹微笑。

时间，是距离，是宽恕，让一些东西更清晰，让一些感情更明白，让一切都趋于平静。

窗外，是另一种人生。

有时候，我们会深深地爱上一个人，没有原因，也没有道理，更没有所谓的约定和所谓的缘分。这个人，也许不在身边，也许永远遥远；这个人，也许不会爱你，也许只能在梦里；这个人，也许你会放弃，也许一直默默住在你的心里。

有时候，会出现许许多多的意外。时而惊喜，让人措手不及；时而无奈，让人难以启齿；时而痛苦，让人猝不及防，生不如死。惊喜也好，痛苦也罢，只是一种历练，不要让心情毁了一生；得到也好，失去也罢，只是一个意外，不要迷失方向，更不要迷失自己。意外，是另一种美丽，坦然地面对，默默地撑起，因为下一个路口也许就是奇迹，因为苦难的尽头，其实就是一种幸福的开启。

有时候，感觉人生是一本书。曾经的天真和梦想，如同一篇篇斑斓的童话，有湛蓝的思绪，有无垠的雪地，也有凄美的记忆；曾经的美好和渴望，好似一首首隽永的小诗，有平仄的韵律，有激荡的情怀，更有沉默的空白；曾经的不舍和纠结，好像一个个形态各异的标点，反反复复，是是非非，起起落落，其实就是一种标注，一个符号而已。

也许一生，就是一句话；也许一段经历，就是一个章节；也许的也许，就是一次叹息一种结局。这本书，其实只有自己能读懂。

打开的窗户，其实是一扇心窗。

越来越明白：活得简单，才能活得自由。觅一片草地，静静躺下，感受大地的柔软，阳光的微笑，蓝天的辽阔；掬一捧泉水，一饮而尽，感受岁月的平静，生命的清澈，灵魂的净然；撷一片秋叶，默默聆听，感受风的旋律，雨的呢喃，感受这个人生，这个世界的美丽情怀。心简单，活着就简单；心自由，活着才自由。让心简单，让心透明，让心轻松，活着，其实就是一种自由，一种幸福。

越来越明白：越聪明的人，其实越累。人生中，有些东西，只是数字，不必太刻意；有些人，只是过客，不必太留恋；有些事情，也只是事情，不必太奢望。

打开一扇心窗，拥有一份美丽的心情，一个简单的心境，一种幸福的感觉，即使不完美，也是最美。

一场雪，一个人，一心诗

雪花，是清纯的，无瑕的，静美的。喜欢它纯净的素白，高洁的性情和曼妙的舞姿。它，以风为枝，飘落的是一份静幽温柔，一份浪漫婉约。雪花，是温暖的诗行，是寥落的清寂，更是秀逸的洒脱。

雪的心事，风懂。风，是大自然的絮语，是岁月的一种律动，是灵魂深处的一抹剪影。风，知道雨的轻柔和疯狂，知道落叶的漂泊和归宿，知道雪花的缤纷和清纯。风，有情又无情，它是暖暖的，习习的，飒飒的，冰冷的。风，让心海涟漪，涌动，澎湃；让雪花跌宕，起伏，升腾；让视线模糊，清晰，纯澈。

风，是心底一抹浅浅的伤痛。

雪的沉静，云懂。沉静，是一种内涵，一种美丽，一种至上的境界。倾听大自然的律动，感觉唯美的情怀，回归天地；倾听自己的心跳，感受思想的脉动，回归自我；倾听岁月的心语，感受生命的跌宕，回归沉静。沉静，不是冷漠是洒脱，不是忧伤是悠然，不是浑噩是澄明。

让心灵如雪沉静，执着自信，默默进取，容纳、突破和超越一切。

雪的平凡，心懂。平凡，是一种简单，一种气质，一种淡静的处世态度。每个人都是平凡的，但都是自己的英雄；每条路都是平凡的，但都可能成为传奇；每个生命都是平凡的，但都有自己的高贵与美丽。对平凡的生命常怀一颗敬畏之心，世界才生机无限。

对平凡的人生拥有一颗担当的心，敢于承诺，执于坚持，勇于突破，平凡者也是英雄。雪的生命是平凡的，短暂的，但它的存在又是精彩的，唯美的,永恒的。

雪的沉默,谁懂?它的沉默,是一种无言的天籁心语,是一泓静水流深的泉眼深潭,是一种爱的传奇,爱的浪漫,爱的神话。留一份沉默给自己,因为它是一种淡然,一种豁达,更是一种力量。

一场雪,一个人,一心诗,愿在沉静里涤荡心灵,在平凡里淡思人生,在沉默里沉默……

一个人，一场雨，一片海

一场雨飘飘洒洒，一个人漫步心海，留下一串串诗般的脚印。思绪渐渐伸向远方，牵挂在岁月中温暖奔放，淡淡的心情在音乐中静静徜徉。习惯一个人思索，习惯一个人在自然中流浪，习惯红尘中独自飘荡。

一个人，伫立成一个秋季。秋天的美，是一份明澈，一份本色，一份潇洒。那枫叶经霜后的素红，显示的是无须点缀的风韵与孤傲；那落日的暮色，显示的是一种艳丽的凄楚与清寂；那纯净的风，淡然的云，飘逸的鹤，勾勒的是一种透彻与洒脱。秋是成熟的季节，是收获的季节，是多情的季节，是伤感的季节，也是淡泊的季节。

一个人，应该保持一种淡泊的心境。淡泊，是一种人生的境界，一种生活的态度，一种宽广的胸怀。我们选择不了生命，但可以选择生存的方式。追逐月白风清的淡定，人淡如菊的从容，天高云淡的潇洒和流水潺潺的心情，不做作，不刻意，不虚伪。虽无万卷诗书的熏陶，但有简单岁月的朴素；虽无历练沧桑后的成熟，但有宠辱不惊的坦然。

一个人，静静地将时间凝固成一道美丽的风景。一个人的世界，一个人的思绪，一个人默默品味。想化成一场秋雨，淋漓尽致地飘洒；想化成一夜飞雪，彻天彻地地绽放；想化作一叶扁舟，随波逐流地渡心。让烦琐在简单中纯粹，让思绪在宁静中洒脱，让有限的生命在智慧和思考中无涯。选择淡泊的心境，诠释坎坷的人生。

一场雨，让落花无言。花落红，红了枫，秋正凉，心已静。曾希冀做一个虫子，破茧而出，与花为伍，与灿烂相伴，可春走了，夏也去，秋来萧瑟。

季节的转换快得像指缝里的水，悄然滑过不留痕迹。静下来，摒弃内心的繁杂和浮躁，放慢自己的脚步，轻轻踏足陌上，不再感叹年华的苍白，不再抱怨命运的不公，用一颗明净的心，善待一切。

一场雨，让遇见美丽。有时遇见，是一种缘分，是一种注定，是一种不期而遇；有时遇见，是一种改变，是一种刹那的惊喜，是一种不可预期的爱。它，让时间静静凝固，绽放成一朵瑰丽的花；它，不偏不倚，总让人怦然心动；它，也让人无奈，让人无言感慨。要审视且珍惜，不让遇见成为美丽的意外。

一场雨，让人无语。凝视雨丝，让美丽默默隐身。隐身，没有艳丽的色彩，没有动听的旋律，也没有馥郁的芬芳。它让你静思人际的微妙，让你品尝人生的真味，不是负累，是从容与轻松，不曾声张，是优雅与沉静；它让我们懂得从容，懂得专注，懂得宽容。它是一种谦逊，一种朴素，一种风范，一种情操，一种洒脱。

如果我是一片海，会等候着寂静的黎明，见证新的一天来临；如果我是一片海，会陪伴着寂寞的海岛，倾听那夜风的絮语；如果我是一片海，会在岁月里为你汹涌，为你澎湃。愿化作一片海，将所有的忧愁，化作白色的海浪，吞噬世间的喧嚣和无奈，留下一片清静，一份淡然，一世豁达。

习惯月光下漫步沙滩，轻拣搁浅的心事；习惯思念踩着潮水，陶醉岁月的轻抚；习惯一个人守候沉默，解读心海的忧伤。因为忧伤，常常把月光踏成清凉；因为忧伤，往往把心事捻成琴弦；因为忧伤，总是将清风伫望成秋水。倦了累了痛了，就把心窗轻轻掩上，或者走出樊笼，融入大自然。

茫茫人海中，一些人，只是遇见，渐离视线；一些人，铭刻心田，如在眼前。也许是一个背影，也许是一个眼神，也许是一声问候，让人猝不及防，悄然心动。岁月里，将思念化作一朵小花，自开自落余香在手；夜雨中，将牵挂汇成一条小溪，涓然流淌直抵灵魂；生命里，将时间演绎成一曲旋律，用心唱响让爱徜徉。

一人的忧伤，一生的淡静，一世的爱恋

我是一泓清泉，源自洁净的地下，带着一颗灵动的心，潺潺流淌在山涧草地；我是一片落叶，来自柔韧的枝丫，踏着流浪的脚步，默默漂泊在自由一隅；我是一场夜雨，远自寂寞的云端，携着层层凝聚的伤痕，静静涤荡着寂寞的心境。

一人的忧伤

喜欢一个人静静地坐着，听着忧伤的音乐，把自己揉碎在文字里，浸湿在音乐里，随风而行，随雨而飘。也许这样，忧伤才更能贴近灵魂，触摸到心底的柔软处，真实感觉到心在无声哭泣。

其实忧伤也是一种美丽，是一种最真最纯的美，是一种狂风过后平静的美，是一种至情至性的美，是一种成熟的美。懂得忧伤，情感才最丰富，情愫才最温馨，心境才最善良。它是生活中的绿叶，虽然有一点点伤感，一点点痛楚，一点点寂寞，但仍然以其独有的魅力，在生活里，在生命里，在你我之间诠释着人生中精彩的片段。

喜欢把忧伤镌刻在夜空。仰望满天星空，细数星辰上默默的眷恋，任空灵独自穿行回旋心间。踮起脚尖，嗅到空气中熟悉的味道，夹杂着馨香的花草气息显得意韵悠长，突然有种甜蜜温馨的感动，仿佛听到缠绵雨雾涉水而来。屋檐依然在等燕归来，让人犹豫着想推开那扇尘封已久的心窗。

喜欢把忧伤放置在深夜。午夜总像千年的媚狐，诱惑着孤寂的灵魂。

守一份夜的寂静，采一缕月的清冷，伴一曲缠绵的清风，舒一段心间的幽梦……无边的夜，心像一朵素雅的莲，开在碧水盈盈的湖畔；心像一片殷红的枫叶，飘落在落絮纷飞的秋原。孤独忧伤的风声叩响梦境，无尽的相思随风慢慢飘散，心印在淡雅梅花的信笺上，泪水静静淌在疾书的笔端。

一生的淡静

喜欢平平静静地生活，平平安安地做事，平平淡淡地做人。不企望流光溢彩，不奢望艳冶夺人，给生活一丝坦然，给生命一份真实，给自己一份感激，给他人一份宽容。如此，也许更能体会生活的意义和生命的价值。

喜欢一个人坐在栏杆上静看夜景，一个人的盛情，一个人的精彩，一个人等待月落晨起，一个人走过风风雨雨。这是独角戏，没有华丽的舞台，凑不成完美的对白，或许很寂寞很孤单，却心境坦然。一个人，一份寂寞，一种心情，一旦打开了情感的闸门，就会点燃堆在身后的所有寂寞，跟快乐干杯。

淡静就是这样，与快乐和忧伤为邻。在快乐时不得意，在忧伤时不沉迷，保持一种自然的心境，游离于两者之间，如水淡静。

淡静是一种自然况味的美。萧草落雁，弱柳闲花，不失静雅之美。暮色里那一抹淡淡的烟云，千帆过尽后大海的那一片幽静，舒竹横梅的那一种清风傲骨，幽兰淡菊的那一袭清新素雅，不失淡雅之美。从不渴求生活能给予我绮丽的色彩，只想拥有一份淡淡的素净，以淡静若水的心态，细细品读平淡如水的人生。

一直想看一场花开花落，闻着淡淡的菊花香，掬一抹残菊，轻拭花开的一角；一直想感受流水从指尖轻轻划过，如同那些过往的时光、模模糊糊的身影斑驳流离；一直想静听一曲千古绝唱，让点点音符镌刻着深深浅浅的思念，落入眉间，微风轻荡，旋舞如蝶，摇曳成时空里的一弦琴音，翩跹为岁月流光里的一曲歌赋。

就这样，在每一个清晨，总是以一纸的闲情来诠释对生活的浅浅理解：生活总有不尽如人意之处，以淡淡的心怀来化解纷繁，以闲致来淡看喧扰，给沉重以轻盈的双翼，给伤害以宽容的心胸，给逆境以坚强的微笑。总感觉生活就如一泓清潭，何必让无谓的风雨扰乱了一池的宁静与清澈，让自己淡静若水。

一世的爱恋

茫茫人海中，总有一个人曾经路过我们的心，留下了不可磨灭的脚印，随着岁月流逝不曾褪色，不曾消失，就像北极星。每个人心中都有一颗属于自己的北极星，都有属于自己的方向，而路过心的人总是停留在内心最柔软的地方。不要努力地忘记，那只会更加深刻，既然曾路过我们的心，那就为他留一片小小的空间，悄然铭记。

思念，如影随形。它像一阵空灵的牧笛，黄昏夕阳下萦绕在耳际；像一曲悠扬的琴声，暮色四合时飘荡在脑海；像一首深情的歌谣，夜深人静时唱响在心里；像一株淡雅的海棠，在岁月里暗香浮动。它是一种幸福的忧伤，是一种甜蜜的惆怅，是一种心灵莫名的无奈，是一种动人心弦的美丽，是一种心海澎湃的旋律。

手心向月，将思念的星星散入夜空；俯身轻捻，将每天的惦记放于行囊；轻叹流年，将心香轻燃，默然铭记。

因为有爱，才会只有梦中人才明了的期盼和梦境。因为有情，才会只有梦中人才明了的念想和心殇。因为有痴，才会只有梦中人才明了的痴傻和愚钝。在爱中苦苦地修行，在泪中痴痴地眷恋，因为人世间有一种相遇不是在路上，而是在心里。

爱是一本斑斓的画册

爱是一种温暖,一种心痛,一种真实的生命。爱是一条偏僻的小路,总能通达心灵的深处;爱是一朵馨香的兰花,总在风雨中静默绽放;爱是一本斑斓的画册,总有刻骨铭心的风景。爱是一种感受,一个过程,一种守候。

秋夜静默,月下独酌。风,掀起了心事,把一份月色轻轻揉进心扉,成为一叶干净的小诗;秋,落寞了心情,把一抹风景默默留在岁月,成为一季冬事的留白;月,潮湿了夜色,把一樽清酒缓缓洒在心头,成为一场寒雨的豪迈。

谁的洞箫在远方低吟?谁的呼唤在痛心彻肺?谁的脚步在夜半孤独徘徊,守候无眠,只待清晨的第一缕光芒?

用心爱生活。生活,是一本渐渐打开的书。纵然有诸多无奈,只要能晨观日出,暮赏霞落,就是一种简单的幸福;纵然有诸多风云,只要能望月守心,清明思绪,就是一种了悟的心境;纵然有诸多篇章,只要细细翻阅,慢慢品味,就是一种明白,一种感动,一种震撼。

其实,世界很美,大自然更美,我们自己的生活最美。

用心爱文字。文字,是绽放在指尖上的一朵小花。它,干干净净,来自美丽的心田;它,清清爽爽,来自淡然的心境;它,洋洋洒洒,来自大自然的感悟,来自人生的况味,来自生命的震撼。文字是一汪清泉,涓涓流淌,浅释伤感纯澈心扉;文字是一截短笛,悠悠飞扬,沧桑尘世涤荡灵魂。文字是无声的心语,凝结思想,升华自我。

用心爱人生。人生，就是一个大舞台。不该面对的，应该面对的，都要面对，这是一种灵魂的洗礼，一种心境的纯澈；不属于你的，属于你的，都要争取，这是一种生存的法则，一种生命的搏击；不该放弃的，该放弃的，都要珍惜，这是对他人的尊重，也是对自己的尊重。

天高任鸟飞，海阔凭鱼跃，这就是胆量，这就是气魄，这就是大美的人生。

每个人都有一个属于自己的空间。空间，是一面美丽的镜子。喜欢默默品味文字，如风般潇洒，如雨般纯美，如心般通透清爽；喜欢静静搜集图片，如花般芬芳，如水般清凉，如梦般令人神往；喜欢慢慢聆听音乐，让时间如诗般灵动，让岁月如词般婉约，让生命如曲般唯美。

每个人，都应有一个属于自己心灵的地方。不求奢侈只要简单，能放下一颗安静的心；不求繁华只要静谧，能装下一片美丽的月色；不求感动只要懂得，能守候一生无怨无悔的缘分。

爱是一本斑斓的画册，不需太多言语，一回首就在彼此视线里；不需太多承诺，一声轻唤就在彼此泪光里；不需太多表白，一个微笑就在彼此生命里。

爱是一首直抵心灵的歌谣

遥远的旅途,不是距离,而是心境。心若累了,就饮一杯岁月的酒,淡然如水;心若苦了,就捻一抹流风的影,静然如花;心若醉了,就听一首忧伤的曲,浩然如月。习惯沉默,不想多说,也许言语太过苍白;习惯独坐,不想喧闹,也许心里太多浮躁;习惯旅行,不想禁锢,也许心灵需要放逐。

时间,其实是一个孤独的行者。它,如大漠中的驼铃,一个人走,没有终点;它,如奔涌的河流,执着无言,无休无止;它,如天空中的星月,孤芳自赏,傲视一切。时间的颜色最美,简单质白;时间的情怀最真,静然流深。时间的心灵,至暖至纯。

若时间与寂寞相遇,是历练;若时间与生命相遇,是幸福;若时间与爱相遇,是精彩。

爱是一种很玄的东西,如影随形。把月色揉碎成凌乱的心事,轻轻放逐在遥远的天际,如雨般徘徊;把脚步揉碎成无言的心殇,默默镌刻在岁月的等待,如花般绽放;把爱揉碎成满天的星光,静静婉约成唐诗宋词,如水般流深。

爱是一杯岁月的酒,醉了心;是一抹无痕的风,凉了秋;是一曲忧伤的歌,缤纷了生命。

爱是一场艰难的修行。或喜或悲,都是一次洗礼,一次岁月的历练;或浓或淡,都是一抹绽放,一抹美丽的风景;或远或近,都是一种生命,一种无悔的选择。无须解释,默默相伴;无须埋怨,将心放淡;无须承诺,慢慢沉淀。

其实，在风的路口，爱是一种等待；在雨的街道，爱是一种无奈；在人生的车站，爱是一张没有归途的车票。

爱是一种静默的美丽。谁在风中喃喃自语，将满腹心事浅释，付与秋叶；谁在深夜轻轻哽咽，把难言情怀铺展，付与寒冬；又是谁在海边默默吟唱，把岁月的忧伤放逐，付与流水。爱如自然的风，是一声鸟鸣，是一片叶林，是一场细雨；爱如飒然的风，是落叶的旋转，是莫名的忧伤，是心灵的歌唱；爱如浪漫的风，是执着，是坚毅，是生命。

爱成为习惯的同时，它已经是我们生命中不可或缺的一部分。有时爱是一种坚持，可以穿越时间，穿越距离，穿越心灵；有时爱是一种沉默，在沉默中铭刻，在沉默中清澈，在沉默中精彩；有时爱是一种力量，能让时间美丽，让岁月坚毅，让生命永恒。

爱是一首直抵心灵的歌谣，让人沉醉，无怨无悔。

北雁南飞

江水凉，秋草黄，雁南飞，心欲何往？一抹相思，一杯苦丁，几缕思绪，几多愁怨，几番感慨……

清寒的冬夜，燃一支心香，温一壶月光，择一隅静坐，将心情化为淡淡的文字，浓浓的思情。

西风紧，北雁南飞；心憔悴，雾凉霜寒。别样的季节，别样的清晨，握紧手心残存的温度，茫然回眸，猝不及防偶遇你的目光。自此灯火阑珊，细雨飘落，魂牵梦萦，无法自已。曾寄南飞燕，捎去我的消息，让它带着沉淀的伤悲，寻求幸福伤口的抚慰，可它再也无法承受那份疲惫，那份等待。

一抹相思，几许离愁。

闭上眼，情何以堪；情若逝，肝肠寸断。宁静的夜里，记忆如诗，恬淡的清香慢慢弥漫，闭目努力捕捉那岁月走过的痕迹，那些被风割得支离破碎的时光，纵有千般离愁，万般缱绻，此刻化作猎猎寒风，漫天飞絮，只留下钻心的疼痛，阵阵袭来。埙和大提琴的接触再次奏响了 *The Day I Lost My Love*，那忧伤如潮水般涌上心头，再次浸湿了手心，浸湿了思绪。

一杯苦丁，几多相思。

心动心碎的美丽，怎能一笔抹去。难道今生只能注定情浅缘淡，只能祈愿在来世的梦里，守着地老天荒的承诺，只能做隔世的伴侣吗？

南飞的大雁呀，到在水一方的伊人身边，捎去我的信笺：如果有一天将要离开这个世界，我希望最后的归宿是在你的怀里，即使喝下奈何桥边那碗遗忘前世的孟婆汤，来生我依然能够带着对你的记忆去找你……

风起，心念，勿忘

爱，在宽容中永恒。无须奢求，爱，不是一种语言，是一种感受，一种心灵交织的火花；无须刻意，爱，不是一种得到，是一种融化，一种心有灵犀的默契；无须承诺，爱，不是一种追逐，是一种通透，一种经久不衰的歌谣。

总有一阵风，会吹走你所有的烦恼。

匆匆行走在每个季节，每个路口，每个人生转弯处，有风做伴，就是一种简单的快乐，简单的幸福。往事随风，浅释曾经的纠结，让心如明月般纯净；缘分随风，许是擦肩而过，许是默然一笑，许是怦然心动，珍惜方能永恒；生命随风，尽管艰难曲折，也有欣喜，也有感动，也有美丽。

总有一道风景，会让你为之心动。

喜欢落霞时的宁静，可以不想，可以没有梦中的曾经，只有天边的灿烂和心灵深处的感动；喜欢雨中漫步，不需回避，不需太多的感叹唏嘘，只有飘洒浪漫的心雨，铺就生命的传奇；喜欢望月凝思，只要一种沉醉，一种刻骨铭心的期许，与自己不离不弃。

最美的风景，其实就在你的心里。

总有一首歌，会让你心潮澎湃；总有一个人，会让你无言泪流；总有一段情，会让你永远难以释怀。无法忘记，是因为已经融入岁月；无法言语，是因为已经成为生命；无法舍弃，是因为在这个世界上再也不能寻觅。

指天望月，此情可鉴，此情可待。

生活，其实是一条路。岁月更替，风景迥异，可是路依然，艰难依然，执着依然。若生活是单行道,请你走在前面,让我时时看到你;若生活是一条双行道,请让我牵着你的手,穿行在茫茫人海中,永远不会走丢;如果生活没有了路,请让我默默背起你,一起穿越荆棘,穿越时空,穿越生命,和你惯看秋月春风,尽享日出日落。

美丽,总在淡泊中静静绽放。打开心窗,纳入阳光,你就会释放压抑,找到一份真实的美丽,得到一种简单的幸福。我们总想做各种各样瑰丽的梦,用尽所有去拼搏去奋斗去诠释生命,却忽略了身边最真实的风景,失去了很多可以感受的心情。

经历挫折之后才明白:岁月从不会为谁逆转,为谁停留,美丽一直默默陪伴在我们身边。在起风前,就已经和你相遇。

无言的爱

你,是一轮满月,高居夜空,却静静地居住在心里;你,是一朵雪花,开在眼里,却默默地落在心上。你的爱,不讲任何条件,所以无言;不附加任何条件,所以铭刻;不掺杂任何杂质,所以纯净。

爱,是穿越,是守候,是默默的等待。爱,是无语的思念,是无声的心语,是最深厚、最痛快淋漓、最彻心彻肺的苦楚。几多疼痛,几多忧伤,又有几多无奈,无法躲避,无法封冻,似乎又无法割舍。

爱,是呼唤,是思念,是唯美的情怀。它时而宁静,如微风拂过琴弦,如落花飘零水上,如静潭流深,涤荡在心里、梦里和岁月里;它时而疯狂,如潮水涌动飞扬,如烈火粉身碎骨,如刀尖深深划过的伤口,镌刻在夜里、无奈里和泪光里;它时而窒息,无声无踪,却能如影随形,触摸心底,让人无语。

爱在时光里,无言无语,有情又无情。它是一杯静水,一点沉寂,深刻,又沧桑;它是一抹烟云,些许遥远,缥缈,又清晰;它是江中小舟,依然渴求,颠簸,又执着。日出月落,人随风过,再多绮丽精致的绚烂,不过是一瞥惊鸿。有些伤痛,是无法泯灭的;有些记忆,是无法消退的;有些情感,是无法释怀的。

爱,简单朴实,在大自然中阐述着清冷纯白的时光;爱,睿智从容,在颠簸岁月里改变着迷离的心乱;爱,淡静而倔强,在凄美的世界里诠释着落寞的怆然。爱,是一份执着,一份感怀,一曲歌谣,它用绝世的唯美,穿越遥远的距离,穿越时隐时现的岁月,穿越无尽的思念。谁为爱所困,谁为爱牺牲,谁又为爱深刻。只要值得,寂寞就没有错,路就没有错,爱就没有错。

岁月的枷锁比思念和爱脆弱，请在红尘的最深处等我，在岁月的最苦处等我，在生命的路上等我。

爱，不言不语，让心海如澜；爱，浅浅淡淡，任岁月流转；爱，起起伏伏，使心净澈如水。爱的情怀，随琴声缓缓流动，化作一串串音符洒落、涤荡；爱的人生，随深秋静静弥漫，化作一片片落叶飞舞、沉淀；爱的相遇，随时间默默辗转，化作一个个日子定格、铭记。

没有人可以留住时间，但可以留住心中的爱，沿着思念的经纬，走进生命的绿洲，独自去感受爱，品味爱，倾听爱的呼唤。爱的痛楚，心知道，夜知道，泪知道；爱的距离，脚知道，梦知道，时间知道。

爱是等待，最无奈的是爱无归期；爱是面对面，最心动的是相对无语；爱是心连心，最伤感的是劳燕分飞。

伸开手，冰凉的是深夜的月光，能否十指相扣？敞开心，沉默的是岁月的河流，可否顺江依舟？

思念是一朵寂寞的花

思念是一朵寂寞的花，是一泓清澈的泪，是一场痛彻淋漓的爱。思念是一声心底的呼唤，是一次时空的穿越，是一种唯美的情怀。

静坐寒夜，放逐思绪。

让思念如花，静静绽放，默默凋零，余香暗留；让思念如雪，缓缓飘洒，落地成泪；让思念如海，汹涌涤荡，无休无止成殇。思念，穿越距离，忽远又忽近；穿越岁月，有情又无情；穿越梦境，模糊又清晰。思念，是无语的深爱，是无声的心语，是最深、最痛、最无奈的苦楚。

思念，落寞在又一个冬季。

非寂寞才想起，是想起才寂寞。

挥霍了缘分，看透了景色，寂寞了寂寞，按捺不住狂跳的心仍在虚幻中漂泊。执着使心享受寂寞，固执使人空守孤独，寻梦使岁月凄美。谁为情所困，谁为爱牺牲，谁又比谁深刻。只要值得，寂寞就没有错，路就没有错，爱就没有错。

思念是一朵寂寞的雪花，洁净化水，涤荡尘垢，自然绝美。它，飘飘洒洒，用执着渲染了一个干净的世界；它，无言无语，用挚爱缤纷了一次旷美的遇见；它，不懈追寻，用梦想诠释了一世心疼的缘分。

我就像一朵雪花天上来，带着我的思念，我的情怀，我的大海。

把思念，把寂寞揉进音乐，让它成为一朵奇葩。音乐，是一种心情，一种感悟，一种情感的留白。习惯在寂静音乐中寻找美，发现美，感受美；习惯在洁净音乐中遐思，任心灵飘向远方，让曾经的唯美刻骨铭心；习惯在清新音乐中聆听花开感受自然,聆听光阴感受匆促,聆听心语感受情怀。在音乐中品味生活,沉淀记忆,涤荡心灵,让人生更盈润,更卓越,更美丽。

站在斑驳的路口,仰头遥望,满目萧条苍凉。狂风吹散了繁华,孤寂一地;孤影织成了冰霜,封冻心间;忧伤尘封了激情,凄美如雪。总想用渴望穿越曾经的彷徨,总想用思念把平静的心湖激荡,总想独自舞动岁月的霓裳。心跳的声音给寂静谱出了一曲乐章,留在心底最深处的仍是沧桑,融入未知的距离,让思念更漫长。

清凉的晨风拂面,清醒了整个世界。

生活，无悔的诗篇

每个人内心深处都有一个结，也许永远解不开，苦涩的滋味只有自己懂得；也许会成为一道美丽的风景，只能静静期待，默默守望。心灵距离的遥远，有时才是最远。

站在岁月的河畔，浅浅地微笑着。

生活，有时感觉很累。

也许心里承载的太多，无法释怀，其实很多东西都不是自己的，无须太在意；也许感觉美好的太少，无法寻找，其实美丽一直在身边，在岁月的不经意间；也许感到幸福总在远离，无法触及，其实简单的心情淡定的心境，才是最宝贵的生命。

生活，五味杂陈，像一本无字的书，只是一种历经，一种沉淀，一种悟透。

站在岁月的河畔，轻轻地感悟着。

生活，有时让人感觉心烦。

心烦的时候，最好的是沉默。不必喝酒，出去走走，那小路和树林，那天空和海滩，那山风和淡云，就在身旁；不必多怨，言多不逊，执一本书，在阳光下，微笑着面对一切，聆听一切；不必伤怀，曲折有度，也许过了就算了，算了就消失了。心烦，是自己的，不是别人的；是偶然的，也是必然的；它只是人的一种心情，不是人的一生。

生活，有时真的让人无语，让人心碎。

有些路，不想走也得走，跪着也得撑下去；有些事，不想做也得做，流着泪也要做好;有些情,舍不得也得放下,哪怕心再痛再苦。总盼望奇迹,总去梦想,总想着梦醒了一切会变,因为只有今生,没有所谓的来世。其实,缘来缘去的个中滋味,只有岁月懂得,只有自己深深懂得。

生活,其实很简单。

一次发自内心的微笑,对自己,对他人,对整个世界;一种清淡如水的心态,对苦难,对幸福,对整个人生;一本永远也读不完的书,有故事,有梦想,有难以言说的情怀。

坐在阳光下,静静地凝望,静静地聆听,静静地品味,你会发现:生活着,其实最美丽。

站在岁月的河畔,深深地思索着。

生活,总是在最苦最难时绽放美丽。

相信生活,当一扇窗关闭的时候,另一扇窗已经悄然打开;珍惜生活,生活的背后是生命,生命的力量是自信、坚强和执着;歌唱生活,用自己独特的思想、品格和魅力。酷寒,往往意味着春天;孤独,往往意味着精彩;沉默,往往意味着思索。生活,不仅让我们经历,让我们学会,更让我们深深懂得。

人活着,不仅是生存,而且要证明。证明世界很美,有风雨,也有阳光;证明世间有爱,有亲情友情,更有爱情;证明生命无憾,有经历,更有感慨。人活着,就要学会放弃,学会珍惜,学会成长。

微笑如花，一路芬芳

天，依然干净；风，依然清爽；心，依然纯澈。岁月如溪，人生如酒，生命如歌，其实，一切无所谓有，无所谓无，淡观世间，微笑如花，一路芬芳。

花的微笑，最美，无须矫揉造作，因为心里有个世界；水的微笑，最静，无须风花雪月，因为心里有个梦想；心的微笑，最真，无须刻意伪饰，因为心里有一首歌。

微笑，是一种内涵，更是一种气度。岁月，在无憾中微笑，才美丽；人生，在眼泪中微笑，才多姿；生命，在坚强中微笑，才精彩。

微笑，有时是一种隐隐的酸痛。

岁月，能愈合伤口，却治愈不了心痛。痛而无言，是因为痛入骨髓；痛而无泪，是因为泪已流尽；痛而无心，是因为心已破碎。把痛苦埋在季节里，就会成为一朵美丽的花；把痛苦放逐在阳光里，就会拥有一股无穷的力量；把痛苦融化在微笑里，就会拥有一种坦然，一种智慧，一种生命。

微笑，有时浸透着眼泪。

眼泪，是一种心事，也是另一种微笑。些许忧伤，如清清的小溪，悄然流淌；些许感动，如飒飒的秋风，隽然自知；些许思念，如冷冷的月光，澈入心底。无须掩饰，在人生的路上，眼泪的背后往往是坚毅；无须沉沦，在无人的黑夜里，眼泪总能点亮生命的微光。

微笑，有时只需一个人静静享受。

不用表白，也许言语太过苍白乏力，只有自己懂得；不必躲避，也许只有微笑面对，才是最好的选择；不要哭泣，眼泪只能说明尽了心尽了力，生命只有遗憾没有后悔。静静地看,路,并非枯燥,也有风景;静静地听,路,并非无言,也有歌唱;静静地思索,路,并非遥远,就在脚下,就在心里。

微笑,让人悟透许多,让心敞亮许多,让世界美丽许多。

微笑人生,拥抱人生。

拥抱自然,是一种胸怀,可以感觉世界博大唯美;拥抱别人,是一种气度,可以融化一切爱恨情仇;拥抱自我,是一种思索,也许只有自己懂得自己,只有自己才能真正珍惜自己。拥抱,是一条静静的河流,是一幅斑斓的图画,是一首感动的歌谣。

微笑人生,大气人生。

有些言语,只是言语,不必在乎;有些风景,只是风景,不必留恋;有些心情,只是心情,不是一生。放下的,就要学会优雅地转身;得到的,就要学会百般地珍惜。懂你的人,不需解释;不懂你的人,不必解释。

对着太阳行走,其实一切都在灿烂;对着自己微笑,其实一切都在微笑。用心触摸大海,大海就在眼前;用心触摸世界,世界就在心中。

静静地，行走在时光深处

山花烂漫，谁在岁月深处尽情吟唱；秋叶飘零，谁在青石路上轻奏箫声；大雨滂沱，谁又在窗前独自凝望思索。只想静静地，行走在时光深处，随轻风流云，在辽阔的天空中自由飞翔。

清晨，踏露而行。

风，静静徜徉，如诗般宁静；雾，淡淡飘散，如云般潇洒；心，落寞沉寂，如花般绽放，又如花般凋零。物，虽好，却难入心；景，虽美，却难心醉；路，虽远，却能彻悟。

采一枚树叶，待露珠注入茶盅，做成禅茶一味，独坐一隅，品自然，品岁月，品人生。

喜欢发呆的人，心里往往藏着一个纯净的世界。

许多事，要靠自己去做，才能深深体会个中滋味；许多事，要靠自己去扛，才会渐渐明白其中分量；许多事，要靠自己去想，才越来越清晰，越来越明了。其实，心里的世界是简单的，它不需要任何条件。它是干净的，容不得半点杂质；它又是美丽的，充满思索、善良和挚爱。

生活，需要我们真实地面对。

有时候，逃避不一定躲得过，面对也不一定最难受。当面对成为一种习惯的时候，其实我们已经拥有了一份自信、一份坚强。埋怨，既伤了别人，也伤了自己。只有面对，才是最真实的；只有承担，才是最美丽的；只有默默前行，才是最温暖的。

总是一个人走，总是一个人欲言又止，也总是一个人静静思索。

手心的彩蝶，几番挣扎几番沉寂，终究展翅远飞；眼中的岁月，诸多缤纷诸多流连，仍然悄然流逝；心中的梦想，也许难舍也许紧握，转眼都成记忆。

繁华落尽，相煎何急，孰是孰非，转身成空，恰似这一江秋水，悄然东流。

生活，不相信眼泪，却一定会有眼泪。

眼泪，其实是清澈的。酸楚的时候，它是一首诗，流淌的是情怀，绽放的是人生的花朵；思念的时候，它是一首歌，吟唱的是心事，澎湃的是永恒的旋律；坚强的时候，它是一条路，坎坷的是经历，无悔的是追求的生命。眼泪，知道心里有多苦多难，但它不是懦弱，而是执着；眼泪，知道善良知道责任，它不是迷茫，而是清晰。眼泪，让人懂得幸福，懂得珍惜，更懂得生活。

在生命里，总有一种付出是无怨无悔的。

清晨的树林，因为阳光，不再孤单；路边的草叶，因为露水，更加纯净；长长的隧道，因为呼唤，才如此的温暖。不是执着，而是值得；不要追逐，只要懂得；不为得到什么，只想干干净净，简简单单地生活着，无憾着。

当岁月无情的时候，深深呼吸，用心思索一路人生，会慢慢懂得：活着就是简单的幸福；当生活不公的时候，微笑面对，用肩扛起一方天地，总会发现：阳光总在风雨之后；当无路可走的时候，凝视周围，用心感受一份温暖，总会发现：路的旁边还是路。

静静地，行走在时光的深处……

淡淡时光，美丽心情

喜欢纯真的眼睛，那是一泓清澈的泉水，源自洁净，一尘不染；喜欢纯真的笑容，那是一束灿烂的花朵，源自内心，自然清爽；喜欢纯真的心灵，那是一页洁白的信笺，源自善良，质朴无瑕。

窗外，是一个雨季。

淅淅沥沥，淋湿了街道，淋湿了行人，淋湿了心情；飘飘洒洒，是风的徜徉，是雨的烂漫，是心的低语；朦朦胧胧，落寞了行者的脚步，沉寂了歌者的情怀，荡漾了舞者的思绪。

雨，静静飘洒在这个世界，却默默潮湿在心底。

淡淡的时光，淡淡的人生。

人生像一道风景，真正快乐的人，是那种在走弯路时也不忘欣赏风景的人。

人生，永远不可复制，痛苦只是一种撕心裂肺的体验，让人更加坚强，更加珍惜；岁月，永远不会回头，放弃只是一种无可奈何的选择，让心更加明朗，更加执着；生命，永远不能重来，活着只是一种简单的幸福，尽管艰难，尽管有泪，也有日出月落。快乐，其实就在身边，在路上，在心里。

人生像一朵蒲公英，看似自由，却身不由己。

有些事，猝不及防，不管你在不在乎；有些人，并非所想，不管你明不明白；有些路，必须得走，不管你愿不愿意。不怕事，不惹事，不避事，做好自己，用真心面对一切；少埋怨，少指责，少发火，学会沉静，用微笑考量一切；多体察，多包容，多思索，尽心尽力，虽遗憾但无悔。像蒲公英一样，虽轻盈,但并不卑微。

人生像一本书,既要读懂别人,更要读懂自己。

生活中,轻易得到的不会长久,长久的不会来得那么容易。正因为生命有裂缝,阳光才照得进来,才让人备感温暖;正因为人生不完美,才会去苦苦思索,才会去不懈追求。

淡淡的人生,淡淡的心情。

活着,是一种美丽的情怀。

清澈的眼睛,可以凝视自然,可以洞悉世界,可以默默地流泪;柔软的双手,可以握紧亲情,可以感受温暖,可以汲取坚强的力量;淡淡的心胸,可以经历风雨,可以容纳一切,可以傲然人生。

活着,其实是一种折磨也是一种享受,是一种虚幻也是一种真实。因为活着,就要美丽。

恬静,是一个人内心的积淀。

世俗的繁华和纷扰,终归会付诸流水;曾经的记忆和纠结,终归会渐渐遗忘;所谓的荣耀和辉煌,终归会成为过往。真正属于生命的是恬静,一种人生的姿态,一种淡然的胸襟,一种无我的心境。

世界上最本质的东西,往往是简单而苦涩的。

笑对风雨,那是一种别样的风景;笑对人生,那是一种纵情的歌唱;笑对悲伤,那是一种痛彻心扉的情怀。经历炙烤,才会浴火重生;经历冰冻,才会心灵通透。经历让生命愈挫愈勇,傲然屹立。

淡淡的时光,美丽的心情,简单而幸福地生活着。

生活，温暖如花

生活中，不言弃，因为活着；不言苦，因为幸福；不言累，因为有阳光。没有感情，也许就没有疼痛；没有经历，也许就不懂珍惜；没有思念，也许就不知道深深的爱。走过岁月，才有阅尽尘世的从容和智慧，才有对生活深刻的理解，才有对世界崭新的感悟。

有些事，想多了头痛，想通了心痛。能得到的，就努力；得不到的，就放弃；拥有的，要珍惜。属于自己的，不管几多波折几多磨砺，终归属于自己；不是自己的，尽管孜孜以求，也不属于自己。灾难给你痛苦的时候，其实也会给你别人所没有的幸福。

真正的强者，不是没有眼泪的人，而是含着眼泪依然微笑，依然奔跑的人。

生命中，很多事情是事在人为。

简单的事，想深了，就复杂了；复杂的事，看淡了，就简单了。有些事，不能算是事；有些事，要用心去做。把握自己，调整心态，做人才能做事，做事方能成人。天下之事岂能尽如人意，但求无愧于心，无憾于人生。

生活中，总让人不知所措。

有时无关紧要，却能让心伤透，因为在乎；有时无所畏惧，却害怕悄然逝去，因为在意；有时无法预料，却一直向前，因为信念。在单调的生活中寻觅风景，你会收获美好；在繁杂的生活中追求简单，你会收获思想；在苦涩的生活中品味感动，你会收获幸福。生活，让人历练，让人成长，让人珍惜。

生活中,不要轻易为别人而改变自己。

你,是唯一的,是不可替代的,有自己的思想;你,是美丽的,是不可鄙夷的,有自己的世界;你,是自豪的,是无与伦比的,有自己的生命。学会善待自己,别去背负太多;学会尊重自己,无须卑微苟且;学会深爱自己,因为没人比你更懂自己。

任何时候,都不要失去了自己。

人生,只能越来越简单。

面对一块石头,你把它背在背上,它就会成为一种负担,你把它垫在脚下,它就会成为你进步的阶梯;给你一块木头,你可以去让它慢慢腐烂,也可以让它熊熊燃烧;给你一杯清水,你送入口中,它就是一阵清凉,你放在心上,它就是一个世界。曾经以为,拥有是不容易的,后来才知道,舍弃更难;曾经以为,不可能失去的,后来才知道,应该珍惜。

渐渐明白:缘分像一本书,翻得不经意会错过童话,读得太认真又会流干眼泪;生活像一首歌,有时不知道歌词却依然吟唱,那是因为已经融入已经习惯;感情像一场雨,或淅沥,或缠绵,或惊天动地,最后都会归于平静。有些事,知道了不说,藏在心里,会更好;有些人,不去问也不去想,会更轻松;有些地方,尽管很远,却一直在心里。

人生,其实就是不断地面对,不断地选择,不断地放弃。

一抹微笑，静待一夜花开

夜，有月的静谧，有风的心迹，有大自然真真的物语。夜，让人徘徊，让人无言，让人切切地思念。夜，是心的港湾，是心的沉淀，是心的释然。微笑轻叩夜色，如诗如画如歌；凝目独赏花开，一朵两瓣三笺；漫卷轻捻流年，观山阅水品淡。

坐在岁月河畔，弹一曲歌谣，让心如影随形。

生活中，不言弃，因为简单地活着；不言苦，因为简单的幸福；不言累，因为简单的温暖。难尽如人意，唯有坚持，烦扰只是一缕轻风；难以唯美，唯有缺憾，缺憾有时也是一种美丽的情怀；难以表白，唯有尽心，只有做人方能做事，只有淡然方能永远。

生活，有时就像炼狱。

没有阳光，只有黑暗，只有摸索，因为不弃；没有希望，只有艰难，只有坚持，因为有泪；没有呼吸，只好咬牙，只好紧握，因为心在。是是非非，不会迷离只能更清晰；风风雨雨，不会阻隔只能更成熟；起起落落，不会慌乱只能更淡然。

生活，是一杯难咽的酒。

明知道苦涩，却要饮下，因为一种责任；明知道无味，却要入口，因为一种必须；明知道会醉，却要畅怀，因为一种无奈。多想成为天上的风，无忧无虑，随意徜徉；多想成为枝上的叶，春夏秋冬，餐风饮露；多想成为溪中的水，与时光一起飞翔。静享生活，品个中滋味，让心坦然无悔。

生活，是一杯纯净的水。

它,本无杂质,透明自然,只是有了欲望,才会苦涩,才让人难以下咽;它,本无烦恼,甘洌清凉,只是多了计较,才会痛苦,才让人得意忘形;它,本无色彩,质来洁去,只是加了成分,才会浓艳,才让人百媚千娇。

不要舍本逐末,追求浮躁,真正的幸福其实不是装水的杯子,而是杯子里的水。

不抱怨生活中太多磨难,大海因澎湃而雄浑;不抱怨生命里太多曲折,沙漠因狂风而壮美;不抱怨人生的起起落落,生命因经历而精彩。不自卑,因为简单幸福地活着;不自傲,因为有日出有月落。

微笑着面对一切,且唱且吟,无怨无悔。微笑,永远是一曲心灵的歌谣,花开的时节,将是最灿烂的风景。

时光角落，轻语呢喃

时间，让心更纯澈，让爱更执着。没有任何理由，只是静静地走，因为一直有路；没有任何奢求，只是无怨无悔，因为一直有梦；没有任何烦忧，只是苍颜白头，因为一直相守。几多波折，几多坎坷，让岁月更加美丽，让人生更加精彩，让生命更加无悔。

小路边，有一片静静的树林，树林中有一棵树，树上刻着一行字，虽斑驳，却清晰地刻入心底。总是一个人走路，稀稀疏疏的树叶，绿了又黄，黄了又绿。

在远方，有一座默默的雪峰，雪峰下有一块石，石上留着一个名，虽寒冷，却一直温暖着岁月。总是一个人漂泊，匆匆地来，又款款而去，跋涉的足迹，在天涯，在海角，在彼此的心里。

天空中，有一弯美丽的月亮，月亮里有一个梦，梦里唱着一首歌，虽依稀，却陪伴在生命的每一天。总是一个人徘徊，是白天也是黑夜，是沉默也是呼唤。

这是心的起点，是否也是心的终点？

在时光的角落，静守一颗执着的心。

执着的心，如一只小小的玻璃杯，单纯透明如水。小小玻璃杯，就算再心碎，也要装作无所谓；小小玻璃杯，就算再洒脱，有时也会无言以对。小小的玻璃杯，盛不下太多的泪水，多一点爱就多一点疲惫，洒掉一些给自己放飞。轻轻巧巧的玻璃杯，其实太容易破碎，它盛下了泪水就盛不下妩媚。

执着的岁月，如一首流淌的诗。风来，微闭双目，静听翩跹，摇曳了一溪流水,潺潺而去;雨落,潮湿心事,轻捻思绪,纯澈了一段流年;月明,千里咫尺,花鸟虫鱼,只是一季淡淡的感伤。水,一旦结冰,就很平静;心,一旦沉寂,万物皆空。

有时,只想在黑夜的边缘放逐自己,任黎明一步步逼近。

在时光的角落,世间变得恍惚。

春走了,夏也去,秋意浓,愿做一只秋蝉,抱林自暖。源自大地,却向往辽远的天空,美丽的月色,纯净的大自然;破壳重生,缘木临风,不为浮华不为虚荣,只为能纵情歌唱;终将老去,化为一抔黄土,却用生命抒写一个传奇。

攀上枝丫,是否在等待一次回眸,等待一个轮回?餐风饮露,是否期许一个梦想,期许一生无悔?

一截短笛,一段时光;一次漂泊,一声呼唤;一孑剪影,一个流年。谁抚琴轻吟,把岁月捻成静静的时光?谁沐风吹箫,将青春交付明灭的夜空?

在时光的角落,抱一把吉他,唱一首你没有听过的歌。

穿越自己,和生命一起精彩

一直喜欢一首歌,没有原因,只是喜欢;一直演绎一首歌,没有借口,只是演绎;一直痴迷一首歌,没有奢望,只是痴迷。星光下,舞动自己,和风一起徜徉;舞台上,唱响自己,和心一起飞翔;岁月里,穿越自己,和生命一起精彩。

人活着,其实就是一次远行。

遥远的路途,坎坷崎岖,难以预设,难以掌握,但风景依然,心依然。一路的奔波,尽管劳碌,难以寄托,难以言说,可不再重来,也回不到最初。许是越走越累,许是越走越轻松,许是越走越无奈,可总得要走,不停地走,一直朝前走。

不怕陌路,不怕没有路,因为脚下就是路,路的旁边也是路。

爱,不是一种心情,而是一种感情。时常会莫名地失落,那是因为心里有一座城堡,有一个凄美的童话;时常会痴痴地发呆,那是因为心中有一方天空,有一抹唯美的剪影;时常会静静地流泪,那是因为眼泪是一种呼唤,是一种撕心裂肺的震撼。

不是忘不了,而是不能忘;不是伤不起,而是一直在习惯里,在生命里。

真情本无语,尽在不言中。彼此,是彼此岁月里最诚恳的遇见,那刹那的悸动,尽情演绎,已成为习惯;彼此,是彼此心中的一杯清茶,那瞬间的融化,尽情流转,已化为眼泪;彼此,是彼此梦里永恒不变的主题,那刻骨的情怀,尽情澎湃,已凝成生命。

也许没有明天没有未来,有的只是那份心的执着,心的坦然,心的相守。

梦想,其实就是孤独的旅行。尽管遥不可及,坎坷颠簸,只要有梦,脚步就会轻松;尽管几多嘲笑,几多质疑,只要有心,风雨就是洗礼;尽管遍体鳞伤,痛彻心扉,只要有爱,一切皆有可能。有梦想的岁月,是单调的也是斑斓的;有梦想的人生,是苦涩的也是甜蜜的;有梦想的生命,是自然的也是精彩的。

抬起头,凝望的不是遥远的天际,而是自己的泪;闭上眼,聆听的不是熟悉的歌谣,而是自己的心;伸出手,抓住的不是刻骨的情怀,而是发梢上的月光。狂奔在雨中,却潮湿了窗后的背影;狂乱的心跳,却阻挡不住坚毅的脚步。

人生中,很多东西在得到的同时,其实也在失去。小时候,渴望长大,但长大后却发现遗失了童年;长大后,渴望甜蜜,但走进围城后往往怀念曾经的自由。生命的旅途,风景无限,但心再也回不到最初。

珍惜拥有,用心生活,坦然无悔,超越自己,和生命一起精彩。

时光是一泓纯净的水

生命中，一些东西错过了，就不再遇见。有些事，无法追逐，因为总是始料不及；有些人，不能追忆，因为总是伤着自己；有些情，必须珍藏，因为总是无法忘却。物是人非的路途，有着蹒跚的脚印，要学会面对；世俗繁华的人流，有着苦涩的泪水，要学会微笑。

聆听时光，手握一截寒枝，凝望流年。落寞的季节，远去的笑声，温暖其实一直在路上，在心里，在无悔的生命里。飘散的发梢渐渐凝上了白霜，质白的心境依然坚毅执着，只有自己深深懂得。流水无语，落花无言，陌上归人，谁的箫声在岁月里回荡？谁的脚步在心上徘徊？

聆听时光，静静生活。有一条路，尽管坎坷难行，却一直在心上；有一座桥，尽管难以穿越，却一直在路上；有一种情怀，尽管苦涩难捺，却一直在生命里。其实，生活是音乐，有自然的抒怀，有烦扰的浅释，有淡然的沉思。生活是心情，有微笑，有眼泪，也有沉默。生活是禅，是悟透，是境界，更是一种思索。

聆听时光，如花般沉默。一朵花的美丽，不仅在于它的绽放也在于它的破碎。破碎无声却美丽，因为它的用心，它的经历，它的生命；破碎无语却感动，因为它的执着，它的坚毅，它的无憾；破碎无言却唯美，因为它的辛酸，它的沧桑，它的情怀。正如生活，尽管平淡甚至落魄，却一样精彩；尽管诸多不如意，却一路走着。

看过千万的风景，也比不上回家的美丽。背起行囊，踏上遥远的归途，只因那山那水那熟悉的笑声；整理岁月，用手呵护飞舞的雪花，只为那路那桥那难舍的情结；忘记疲惫，擦干苦涩酸楚的泪，只想早些看到那日益沧桑的大树，早些听到那轻声的呼唤，早些紧握那梦中的思念。

其实，脚步和心的距离，就在咫尺之间。

聆听时光，感受大自然。天边的风景，是一幅美妙，是一片沧桑，更是一种震撼；心中的情怀，是一次释放，是一个回忆，更是一怀感伤；手心的温暖，是一份简单，是一路的风霜，更是一生的幸福。美丽的东西，大都会短暂，并且始终无法触及。

时光，就是一个智者。它，默默无言，却始终是流淌的，只有用心的人才可感知；它，从不会为谁停下脚步，只有用心的人才能追逐；它，有情又无情，只有用心的人才能聆听。我们都是这个世界的匆匆过客，要学会珍惜，学会感恩，学会用心来爱。

时光，是一泓纯净的水。做好自己，芬芳他人，并把爱留给这个世界的人。

静数流年，让阳光成为永恒的心情

喜欢在清浅的时光里，安静地生活。一些事情，可以忘记；一些风景，可以删除；一些光阴，其实无关风月。若心中有份坚持，那是一种富足；若心中有份守候，那是一种温暖；若心中有份眷恋，那是一种美好。不再忧伤，也不再埋怨，让阳光成为永恒的心情。

冬天，是一个诗意的季节。

冬的色彩，像一幅油画，浓抹淡写，随意自然，常常令人驻足、感怀。冬的韵味，像一杯醇酒，也许只有等到所有的苦痛都经历一番之后，才可慢慢咀嚼，慢慢回味。冬的写意，像一段清澈的旋律，在冬风里感知的是大自然的寒冷，在冬雨中感知的是岁月的惆怅，在飞雪间感知的是恬然，是心底莫名的清幽。

静数流年，往事是一本书，诸多章节依稀可见，诸多心事屈指可数，诸多怀念历历在目；岁月是一杯酒，诸多辛酸自己知道，诸多无奈自己懂得，诸多情怀自己品味；生命是一首歌，诸多精彩写在路上，诸多风景绘在每天，诸多执着延伸在脚下。

静数流年，生活总是在时光中摇曳。生活很平淡，有时淡得没有味道没有色彩，淡到几乎感觉不到生命存在；生活很残酷，有时残酷得无法预料无法想象，残酷到几乎感觉不到内心疼痛；生活很煎熬，有时煎熬得没有棱角没有梦想，煎熬到几乎感觉不到所有的温暖。

也许，一转身就是一生，一眨眼一切不再，唯愿心中有爱。

爱，其实不需注解。有时不必说不必问，一切尽在不言中；有时没有约期没有刻意，一切自有灵犀；有时不用埋怨不用躲避，一切就在生命中。爱，是一种感应，一种灵魂上的默契。一切的解释，一切的评说，一切的渲染，都可能让爱失去光泽。

爱，没有密码，只有用心；爱，没有方法，只有真诚。

静数流年，无觉无知，万事成空。

折一截枯枝，感受冬日的温暖，那只是一种奢望；望一程山水，感受遥远的时空，那只是一种思念。何必流连，何必叹息，做一片树叶，静看花开花落，静听流风斜雨，静感世事浮沉。

多想打开心中的锁，走出人生的旋涡；多想看看日出日落，留住人生的此刻；多想轻轻唱首歌，让岁月留住一个与世无争的我，一个无悔无愧的我，一个纯净自然的我。

静数流年，一年的终点，也是下一年的起点。蓦然回首，已是昨日。驻足前望，又是一个明媚的春天。

清浅的时光，难言的情怀

总有一个地方，一直想抵达，却始终无法靠近；总有一种呼唤，一直在耳畔，却始终远在天涯；总有一种思念，一直在生命里，却始终难以释怀。

剪一段时光，喝一杯青酒，感受涩涩滋味；燃一支红烛，吟一曲箫歌，心思究竟为谁；望一轮明月，念一声沧桑，那苦慢慢品味。经一场风雨也许有太多的伤悲，走一路红尘也许什么都无所谓，此去流年相思无涯。

不管路上几多苦累，不管是是非非，不管错错对对，就让眼泪在风雨中飞，让海誓山盟深藏心扉，等待又一个轮回。

人的一生，有时真让人猝不及防。飞逝的岁月，给人的总是无助、无奈和感慨；缤纷的世界，给人的总是沧桑、眷恋和凄苦；清浅的时光，给人的总是落寞、执着和坚强。若眼泪流下来，就睁开眼睛，路途会更加清晰；若心绪难抑，就伸开双手，触摸身边的温暖和远方的期待；若累了苦了，就稍作停留，再让脚步依然前行。

缘分，是一种难以言说的情怀。缘分是得到也是放手，是苦涩也是甘甜，是美好也是凄楚。总有一种声音，会不经意间拨动心弦；总有一抹背影，会永远无法释怀；总有一个转身，再也不能追寻。缘来时，要学会快乐停留；缘尽时，要学会背上行囊继续行走。

世界因缘分而美丽，人生因缘分而斑斓，生命因缘分而无憾。

一直向往一种纯净简单的生活。行走在大自然中，用心触摸风霜雨雪，触摸寒来暑往，感受一份温暖，一份清凉，一份心动；徜徉在音乐里，用心聆听岁月的过往，聆听世界的真谛，感受几多冷暖，几多愁思，几多唯美；飞翔在苍茫天地之间，用心穿越自己的领域，尽情享受自己的幸福，感受永远的爱恋，永远的神话，永远的传奇。

谁在寒风中默默流泪，为那远去的鸿雁黯然神伤；谁在大雨中静静行走，为那岁月的心事揉碎情怀；谁在大海的彼岸苦苦凝望，为那千年的一次回眸而怦然心动。相视一笑，何须山盟海誓；指天挽月，何须唐风宋韵；挥毫弄墨，何须精彩唯美。只为人生曾经来过，曾经无悔。

寒冷终将过去，春天依然会款款而来。

踏月而归,让生命静静守候

花的微笑,是令人心仪的气质。栉风沐雨,静默绽放,守候一方世界,是别样的美丽;淡然红尘,心静纯真,期待一个轮回,是别样的境界;粲然微笑,坦然洒脱,等待一次回眸,是别样的情怀。以花的姿态面对苦难,是一种修行;以花的微笑聆听世事,是一种禅心;以花的心境诠释自己,是一种涵养。

车,默默行驶在夜色中,心在隐隐作痛。窗外,风声鹤唳,雪花飞舞,好个凄美的冬天;脚下,路途遥远,心却咫尺,好个冷漠的岁月;生活,命运多舛,时运不济,好个多事的季节。静静思索这人生:时喜时忧,患得患失,一切尽在不言中。路,仍在脚下,仍在远方,仍在心中延伸。把握自己,相信自己:苦涩只是永恒生命中的一种色彩。

寒夜,不期而至。一个人,就这样行走在风的路口,心灯在明灭间悠忽,尽管疲惫,可依然执着;一个人,就这样聆听冬的絮语,情怀在黑白中涌动,尽管萧瑟,可依然美丽;一个人,就这样轻嗅花的芳香,尽管凋零,可生命依然青春。人总在脆弱中坚强,在伤感中沉静,在酸楚中微笑。张开双臂,拥抱自然,拥抱世界,拥抱一切。

月,静静地,如水夜凉。谁在岸边独自徘徊,把心事付诸流水,落寞了整个冬季;谁在江上独依小舟,把竹箫吟咏,静默了悠然岁月;谁又在远方望天呼唤,把思念徜徉,迷离了风的眼睛。给我一片雪花,与月同行,与爱同行,与心同行。

漫步岸堤,风是一首歌。涟漪的湖水,如一根根琴弦,缓缓拨动着岁月的情怀;稀疏的枝丫,如一个个舞者,轻轻翩跹着冬季的静美;雨后的石板路,清晰洁净,蜿蜒着一道道美丽的风景。可否,凄清月光会在夜晚默默倾洒;可否,一叶扁舟会在心上浅浅划过;可否,一生平安,无怨无悔。

启窗而望,一轮明月高居夜空,也静静地居住在心里。它是风中的眼睛,是雨中的背影,是心中的明镜。蹒跚的脚步,一直在奔波忙碌中;不懈的追求,一直在每日每夜中;守望的眼睛,一直在一抹流风中。不曾离去,因为你在;不能离去,因为心在;不会离去,因为早已融入生命。

寒冷,其实是一种心情。皓月当空,静坐幽篁,逝去的是岁月,留下的是坚定和执着;冷风无痕,抬头低心,放下的是嘈杂,收获的是平淡和简约;寒窗夜读,枯木寻禅,遗忘了红尘,记起的是自然和世界。不想嘈杂,只想沉静,让心事如水;不再漂泊,静守角落,让往事落寞;不去奢望,让脚步徘徊在自己的森林,让心在黑暗的隧道里徜徉,让岁月在沉默里无声地流淌。

午夜,塞纳河畔,踏月而归。几多疲惫,几多忧伤,几多执着,心,一直在遥远的地平线起起落落,一直在尘飞的清泪里渐渐融化;几许呐喊,几许期盼,几许思念,心,一直在自己的世界里纯净,一直等待那千年的回眸。

人生，一直在路上

人生，有诸多风景，诸多美丽，诸多精彩，只是我们经常错过。一簇雪花，简单纯洁，独自绽放在枝头，在摇曳中瞬间滑落，却把美丽定格；一滴露珠，平淡透明，静静徜徉在叶脉，在不经意间飘洒，却把生命释然；一抹流风，清朗爽直，漂泊游离在岁月，在感动中潸然泪下，却把记忆珍藏。

路有多远，只有心知道。最美的旅程，其实就是不断地经历，不断地抵达，不断地启程。在路上，总有些美丽，会让世界为之安静；总有些语言，会让世界为之倾听；总有些力量，会让世界因此前行。在路上，总有一种感动，能让人泪流满面；总有一种呼唤，能让人痛彻心扉；总有一种情愫，能让人难以释怀。

其实有时不用所谓的美丽，不用所谓的智慧，只要勇敢就足够了。

做人，一定要有血性。不卑不亢，不惹事不怕事，直面人生，因为头上是天，脚下是地；敢恨敢爱，敢面对敢负责，简单清爽，因为覆水难收，错过难回。血性，是做人的根本，做人的准则，做人的品质。

有血性的人，胸怀会更宽阔，人生会更灿烂，生命会更精彩。

任何事情，总有答案。时间，既公平又不公平，因为每个人的心态不同，心境不同。时间，既能把感情磨砺得纯真透明，也能把感情模糊得支离破碎；时间，造就惊喜，造就永恒，也造就传奇。

有时候放逐于时间，并非懈怠，并非躲避，并非无奈，而是一种坚守，一种距离，一种责任。

音乐，如风，如水，如诗。世界，有音乐，才多姿多彩；岁月，有音乐，才快乐静谧;生命,有音乐,才执着无悔。懂得音乐,就是懂得自己;懂得自己,就是懂得幸福;懂得幸福,就是懂得人生。

让音乐静静起伏,缓缓流淌,默默涤荡,伴我们一直在路上。

捻一缕清风,让岁月如水,染白双鬓,浸满沧桑;着一袭青衣,让人生如烛,涤荡阴霾,浅释尘缘;叹一声禅心,让生命如花,静默绽放,馨香弥留。指尖流动的风景,是秋叶在辗转飘零;刻骨铭心的情怀,是秋雨在潸然泪下。月下小舟,无人来渡。物是,是否人已非?物非,是否人也非?

其实,我们一直都在路上。路,越走越简单,越走越宽广。

一重山水,让生命静然如歌

有一种友谊,总看不见摸不着,却一直在身边。淡淡的,像一杯绿茶,那馨香却滋润了心灵;远远的,像一轮清月,那光泽总闪烁在眼前;静静的,像一盏路灯,总在深夜里照亮迷失的路。只有懂得宽容和珍惜,它才会长久。

走进自然,融入自然,让心沉静在自然。蜿蜒崎岖的山路,其实一直在脚下,在前方,在自己的眼里;清澈叮咚的溪水,其实一直在这里,在路旁,在自己的身边;茂密秀奇的竹林,其实一直在梦里,在心里,在大自然的歌声里。

重山,重水,难重秋;渡山,渡水,难渡心;写山,写水,难写人。放飞的是心,收获的是真。

在安静中,享受人生的清凉。安静的姿态最美:海边的礁石,是守望,是执着;天际的明月,是淡然,是情怀;展翅的雄鹰,是追求,是灵魂。安静的微笑最美:凋落的秋,是忧伤,是思索;零落的雨,是诗,是歌;思念的痛,是漂泊,是永恒。安静的心灵最美:似秋之叶,似林中风,似水中花。

在安静中,享受人生的距离。距离,有时候是一种宽恕。并非所有的付出,都能收获;并非所有的感动,都可开花;并非所有的情感,都天长地久。因为风,所以会漂泊流离,会辗转反侧;因为雨,所以会潮湿,会澎湃;因为爱,所以会疼痛,会期待。

也许距离,才冷静;也许距离,才真实;也许距离,才永恒。

在安静中,享受自然的秋风。秋风,其实就是一首流泪的歌。它,如一江清水,让天空湛蓝如洗,让心事沉静澄澈;它,如一把拂尘,让落叶纷飞如蝶,让世界随性淡然;它,如一支竹箫,让岁月无言流逝,让生命如诗如歌。

风的色彩,秋知道;秋的心语,雨知晓;雨的情怀,风懂得。风,注定了寂寞,注定了漂泊,注定了一生一世的起起落落。

在安静中,享受岁月的情怀。每个人,都有属于自己的一片森林。岁月的阳光,带来的不仅是光明,还有希望,还有勃勃的生机;季节的变换,阐释的不仅是沧桑,还有感慨,还有灿烂的风景;生命的洗涤,历经的不仅是狂风骤雨,还有冰天雪地,还有莫名的惊喜。

在安静中,迷失的不再迷失,相逢的不再相逢,永恒的永远永恒。

人生是一首沉静浪漫的歌

人生，其实一直在自己的手里，在自己的心里，在自己的生命里。人生，似一束鲜花，细细欣赏，才能看到花的美丽，美丽易逝，可芳香永留；似一杯清茶，细细品味，才能品出真的味道，清茶易凉，可淡然永存；似一首歌谣，细细聆听，才能懂得歌的真谛，歌谣易逝，可情怀永远。

人生，是一场心灵上的旅行。有些路，走与不走，都在那里；有些话，说与不说，都是伤害；有些人，见与不见，都会离开。失去后才知道珍惜，那是因为不懂得尊重；得到了再失去，那是因为不属于你。属于你的要珍惜，才会永远拥有。

难免和痛苦不期而遇，内心不要背叛自己，快乐的人不是没有痛苦，而是不被痛苦所左右。

人生如歌。有些话，只能珍藏，不要说，不必说；有些事，只能珍惜，不能想，不必想；有些情怀，只能体味，不要看，不能看。沉默到无语，是一种心静，只有懂的人懂；沉默到流泪，是一种心动，只有自己的心懂。

人生，是一种选择，也是一种放弃。能自由选择的人，是幸福的，这种幸福往往与生俱来，也往往最容易失去；能适当放弃的人，是洒脱的，这种洒脱往往是一种心境，也往往最令人纠结；能选择又能放弃的人，是沉静的，这种沉静往往让人叹服，也往往最难以把握。

其实，选择，就意味着放弃；放弃，也意味着选择。

人生如戏。有时候，很多事情根本无法解释清楚。不要难过，挺起身来，去坦然面对，因为路不一定是直的；不要抱怨，淡然沉静，去真诚处置，因为人不一定永远是对的;不要掩饰,坦坦荡荡,因为人与人之间的交流需要的是信任,无愧于心。

美丽的天空,有风有雨,才多彩;有阴有晴,才多姿;有阴霾有阳光,才缤纷。

做人生的行者,做人生的歌者,做人生的舞者,无愧,无悔,无憾。

听风，在沉默的岁月里

沉默的日子里，总能听到心的声音。风清月明时，沉默是一首诗，一抹风，一个剪影；微风细雨时，沉默是一把伞，一首歌，一座石桥；漫天雪舞时，沉默是一条路，一棵树，一页留白。沉默，是一个人的心语，一个人的思索，一个人的精彩。

秋天，是一个凄美的季节，是一个多思的季节，是一个让人沉默的季节。秋的天，清清澈澈，湛蓝如洗；秋的叶，缤缤纷纷，曼妙如舞；秋的雨，洋洋洒洒，缠绵如歌。在秋季里，喜欢凝望夕阳，期待真诚；喜欢漫步河畔，渴望相遇；喜欢默然无语，让心简单。

其实，经历后才明白：内心要的是一份真诚，是一种信任，是一生的执着。用心等待，那地老天荒的刹那；用心守候，那亘古不变的诺言；用心挚爱，那月下清婉的泪影。让自己简单，让情怀淡然，让生命无悔。

一个人，其实很自由。静静走一段路，或偏僻或荒芜，感觉特别踏实，因为脚步与心同行；默默想一个人，或浅笑或忧伤，感觉特别真实，因为思念与岁月同步；轻轻唱一首歌，或无意或有意，感觉特别美妙，因为痛并快乐着。

一个人，在风中，可以尽情敞开胸怀，容纳一切；一个人，在雨里，可以尽情酣畅淋漓，洗刷心灵；一个人，在路上，可以尽情沉默淡然，享受生命。

一个人，总是想到自己，总能想到遥远，总会想到流泪。

一个人，在沉默的日子，静静漫步，默默聆听，细细享受；一个人，在沉默的秋季，浅浅忧伤，淡淡回忆，深深铭记；一个人，在沉默的心里，苦苦等待，苦苦惦记，苦苦思想。一个人的风景，虽孤寂，却真实，因为那是最美；一个人的笑声，虽单调，却温暖，因为有人懂得；一个人的呼唤，虽微弱，却入骨，因为来自心底。

一个人，沉默在雨里，沉默在风里，沉默在这又一个秋季。

缺憾，以一种花的姿态绽放

不要苛求这个世界的完美，因为我们并不完美。月色美，但剪不尽无边的离愁，愿在尘世中沉寂；落叶美，却抵不住萧瑟的秋风，愿在旋转中飞舞，找回自己；岁月美，可挡不住时光流逝，愿在简单中永恒。

人生中常感寂寞。寂寞，并非孤独。它是一盏油灯，常在深夜里点亮，只为心的方向；它是一首小诗，会在不经意间念起，只因难言的情怀；它是一首老歌，总让人无言泪流，只是莫名地伤感。不想寂寞，却寂寞；不愿记起，却铭刻。

寂寞，无处不在，是心中一道美丽的风景，是一段温暖的情愫，是一段无悔的生命。

人生中常怀善良。善良，是一种温暖，一种心境，一种美好的情怀。它，如一缕阳光，今天给予别人，明天重又得到；如一朵小花，今天芬芳尘世，明天蝶舞粲然；如一首小诗，今天落笔页间，明天绕梁成曲。善良，并非懦弱，而是彻悟，一种力量的积蓄；并不卑微，而是懂得，一种生命的精彩；并非幼稚，而是自然，一种人性的真实。

人生中，其实冷暖转于一瞬，喜憎流于刹那。尘世中，有时示人以虚，还要虚得热闹；有时呈人以假，还要假得热情；有时应人以空，还要空得热烈。可当你一转身，便千山暮雪，万鸟飞尽；一回首，便清角吹寒，四面楚歌；一顿然，便山河破碎，寒风飘絮。

生命中，诸多情怀无处倾诉。如一片叶，在风雨中跌宕，绿意渐褪，可梦想依旧；如一抹风，在天地间漂泊，疲惫无助，可思念还在；如一阕词，在岁月里写就，日落页黄，可情怀仍然。那艰苦，那呼唤，那渴望，一直在路上，在心里。

我们不是歌者，却有歌者的情怀；我们不是旅人，却有旅人的感慨；我们不是舞者，却有舞者的精彩。我们不完美，可我们一直追求完美；我们的生命短暂，可我们能简单，能唯美，能永远。

美，其实一直在我们的心里。我们不是一朵花，却能以一朵花的姿势静静绽放；不是一片叶，却能以一片叶的历练默默精彩；不是一首歌，却能在一首歌里轻轻吟唱。美，是一种感受，一种感慨，更是一种感动。

美，是一种自然，一种内涵，一种令人心仪的气质；美，与岁月相携，与生命同行。

和兰花在一起

人生就像旅程，沿途经过许多风景，却在不经意间回到原地。刻意的追求，只能让人疲惫；肆意的寻觅，常常让心更累；随意的面对，才能淡然无悔。小时候，幸福很简单，一个微笑，一份礼物，一次拥抱；长大后，简单很幸福，一次遇见，一段缘分，一抹心情。

人生，就是一场又一场的相逢。相逢，有初见的惊悸，有对视的惊慌，也有乍逢的惊喜；相逢，是彼此的交流，彼此的走进，更是彼此的相忘。一回眸，一驻足，一微笑，已注入生命；山一程，风一程，雨一程，已融入岁月。

伫立在人生的路口，路越远，心越近。静静回望，一切如清露般明澈，一切如落红般惆怅，一切如流风般馨然。那来时的路，过往的风尘，擦肩而过的缘分，化作此墨此笔；那曾经的树，曾经的风，曾经的呼唤，凝成此诗此歌。那沉默的岁月，漫长的等待，孤单而不寂寞的心，一直在路上，在心里，在生命里。

每个人，都是自己生命路上的行者。尽管狂风骤雨，脚步依然，因为远方总有最美丽的地方，最美丽的风景；尽管坎坷难料，心依然，因为拥有最纯净的梦想，最纯净的情怀；尽管命运多舛，岁月依然，因为生命只有一次，精彩也好，简单也好。

背起行囊，怀揣一颗干净无悔的心，人在路上，路在心上。

美丽的风景，其实不在远方，在自己的心上。那风景，不唯美只唯心；那美丽，只一瞬却永恒；那情怀，虽孤单却温暖。纯净的，往往是沉默的；沉默的，往往是刻骨的；刻骨的，往往是伤怀的。睁开眼，风景在心上，在生命的路上;抬起头,遥望的是天空,也是灵魂的故乡。

人生路上的风景,其实更多的只能是遥望和思索。那皑皑的雪山,默默屹立,倾诉的是无言的歌;那奔腾的江水,肆意激荡,展示的是自然的美;那颠簸的旅途,起起伏伏,永恒的是生命的诗。遥望风景,是尊重自然,是体味情怀,是感触世界;思索风景,是聆听心声,是淡然心境,是精彩生命。

爱,其实是一种习惯。它有风有雨,在岁月中历练、洗涤、沉积;它有泪有笑,在生命中缤纷、放逐、回味;它有远有近,在习惯中播种、成长、开花。爱,就是在这一世寻找前世失散的亲人,就是在生命中寻找自己的另一半。

爱,是一种习惯,如兰花,多么偶然,多么珍贵,多么美丽。

生活中,要学会沉淀生命,沉淀心情,沉淀自己。幸福也罢,痛苦也罢,只是一种态度,平静后依然是清澈与透亮;清晰也罢,迷茫也罢,只是一种心境,冷静后依然是坚强与执着;微笑也罢,泪水也罢,只是一种情怀,淡静后依然是自然与静美。

和兰花在一起,用宽广的胸怀容纳一切,心灵会更纯净,心胸会更豁达,人生会更快乐。

捻一抹情怀，淡然如水

遇见，是人生路上一道美丽的风景，如风，如雨，如歌。一声问候，有时让人莫名惊喜，心生感动；一次回眸，有时让人怦然心动，铭记终生。相逢，有时是一种缘分，一种幸福，有时是一种无奈，一种伤怀。

总想独自旅行，带着一份简单的心情。用眼睛细细观察一路的风景，你会发现大自然如此美丽；用脚步慢慢丈量岁月的尺度，你会感觉世界如此博大；用心灵深深体会人生的况味，你会感叹生命如此豪迈。

携一缕清风，浅释烦忧，静默成花；捻一抹情怀，放逐思念，纯美如月；饮一杯浊酒，极尽人生，淡然似水。

人生的风景，其实在我们自己的心中。它如一束兰花，用心欣赏，才感觉它的美丽；它如一杯清茶，用心品味，才感觉它的馨香；它如一曲音乐，用心聆听，才感觉它的唯美。人生的阅历，不是一段时间，而是一种优雅。人生的沉淀，不是一次积累，而是一种淡然。人生的灵魂，不是一个塑造，而是一种生命，一种无悔，一种精彩。

人生，其实就是一场无悔的选择。其色彩，是缤纷的也是单调的，有渲染也有留白，如一幅画；其味道，是甜蜜的也是苦涩的，有幸福也有忧伤，如一场雨；其精彩，是壮阔的也是凄美的，有笑声也有泪水，如一首歌。

细数时光，凝视着，倾听着，思索着；淡然人生，静默着，孤独着，感悟着；面对远方，思念着，深爱着，梦想着。

面对人生，始终保持一种美丽的姿态。这种美丽，是一种内涵，一种心境，一种令人心仪的气质。清清爽爽，质来洁去，是一种自然本真的美丽，它无须装点;简简单单,随心而行,是一种自然率性的美丽,它无须刻意;平平淡淡,踏歌岁月,是一种自然生命的美丽,它无须喝彩。美丽的沉淀,就是魅力,就是魔力,就是人生永远的风景。

面对人生,让生命美丽,让世界美丽。

掬一捧清水，放逐在岁月的河上

水，是一种心境，一种情怀，一种唯美的旋律。夜，凉如水，让人沉静，让人思索，让人感慨；爱，清如水，让心无瑕，让心伤感，让心无言；心，静如水，所有繁华，所有落寞，所有永远，归于沉寂。水的心事，风知道；风的心事，雨知道；雨的心事，谁知道？

昨夜更深，雨又至。谁，在轻叩窗棂，落寞了一季的清凉；谁，在倾诉心语，宁静了一路的喧嚣；谁，在月亮海岸，拨动了心底的琴弦。这夜，这雨，这海，是否只是一时的温暖；那时，那地，那景，是否已渐行渐远；此路，此刻，此心，是否也是一种凄美的浪漫。

沉迷曾经，只能迷茫前景，抬起头，让脚步迎风而行。

在岁月的河上，生命是一场没有归途的旅行。生命很坚强，总在无数次跌倒后崛起，总在经历风雨后展现光芒，总在岁月涅槃中重生；生命很脆弱，只是一瞬间，只是不经意间，只是轻如云烟；生命也很美丽，在每天的呼吸里，在清澈的眼里，在淡然的心里。

站在爱的彼岸，生命是一幅永远的画卷。

在岁月的河上，距离，是一段时光，是一种心境，是人生一道美丽的风景。很多人，只有放开时，才可触摸心底；很多事，只有渐远时，才能回首看清；很多情，只有放逐时，才会愈加清晰。把握距离，就是淡然自己；享受距离，就是珍惜自己。

距离，是路途，是岁月，是生命，用心感受，用心穿越，伴心左右。

站在岁月的河畔，风，从海的方向来，纤巧地穿过岁月的栅栏，带着轻吟的哨音，渐行远离，一抹海的影子，让多少蹒跚的目光，和风的足印一起，搁浅在沙滩。一朵不带雨的云，轻轻飘过额头，牵着目光远去。谁在风里低吟，滑过世间的炎凉，留下浅浅忧伤；谁在雨中呢喃，穿过清凉的溪流，静数红尘过往。

在岁月的河上，习惯，其实也是一种幸福。习惯风的夜晚，独自思索，用心聆听心事，用心触摸灵魂；习惯雨中漫步，与生命同行，让人清然，让心沉静；习惯在某个时间，能听到某种声音，在某棵树上，刻上某个名字。渐去的只是时光，不是距离；渐远的不是疏远，而是贴近；渐老的既是容颜，又是沧桑的心。

守候岁月，走上一条美丽的小路，用心发现美，聆听美，感受美。站在山巅，张开双臂，拥抱风，拥抱自然，拥抱整个世界，原来美就在身边。伫立岸边，闭目倾心，聆听呼吸，聆听浪的澎湃，聆听心海的神话，原来美就在脚下。像风般漂泊，像雨般清然，像雪般洁白，穿越尘嚣，穿越自我，穿越生命，原来美一直在我们的心里。

听，生命如歌，时间流过，掬一捧清水，轻轻放在岁月的河上。

放飞一只青鸟，在永恒的生命里

彼此，是彼此的风景。彼此，是一段距离，往往世上最远的距离，却总在最近的地方。彼此，是一种历练，往往世上最长的历练，却总是最深的爱恋。

小时候，画在手腕上的表是静止的，生活是干净的，心是天真的；长大后，戴在手腕上的表是不停的，生活是忙碌的，心是倦怠的；再后来，套在手腕上的表是飞快的，生活是平静的，心是沧桑的。那人，那事，那情，也许只有放逐时间，才念起，才清晰，才澄明。

生命，无须刻意，只要尽心；无须强求，只要无悔；无须掩饰，只要真诚。

生命的时光，总是谱着小曲悠悠地流逝，让人来不及把那些最动听的音符储存。每一段岁月，都谱写了迷人的旋律，无不让人痴迷，即使多年后偶然听来，也能找回最初的回忆，最初的纯真，最初的情怀。

让心随着音乐一起律动，一起放逐思绪，一起精彩生命。

生命，是一泓流动的清泉。它源自洁净地下，纯澈清冽，它是一段经历，一些情节，也是一路风景；它流过山涧丛林，不息不止，它唤醒了月光，植入了柔情，也眷恋了心事；它流向远方，静美执着，它潮湿了视线，涤荡了岁月，更洗濯了心灵。

清风徐来，缱绻的涟漪，是谁的诗行；一叶扁舟，依风而行，是谁的箫声；一抹夕阳，淡然心境，又是谁的剪影。

生命的美丽，在淡静中绽放，在岁月中永恒。凝望的眼神，清澈而平静，那是一种最美的心情；风中的剪影，遥远而清晰，那是一道最真的风景；

梦中的情形,平淡而奢望,那是一场最痛的心动。有欢笑就有泪水,因为那是痛彻心扉的洗礼;有沉默就有挣扎,因为那是没有归途的旅行;有苦难就有未来,因为那是精彩无悔的生命。

生命的美,无处不在。它,在纯净的眼睛里,一片树林,一溪流水,一抹风轻云淡,让人无限遐思;它,在荏苒的时光里,简单的岁月,淡静的心境,精彩的生命,让人震撼;它,在简单的心里,有守望,有思念,有眷恋,让人无悔。

闭上眼,平静地呼吸,世界在刹那间。聆听那风,那雨,那旋律,世界就在眼前。曾经的,现在的,未来的,都是路上的一道风景。

夜色依旧,心静如水。品一盏香茗,穿越红尘,穿越心灵;听一曲琴音,似在感受,似在倾诉;拾一段心情,或淡泊,或宁静。几许沧桑,沉淀了几多月色;几度花开,落寞了几番沉浮;几声呢喃,浅释了几抹心伤。

轻轻放飞一只心灵的青鸟,在摇曳的枝头上,在平淡的岁月中,在永恒的生命里啼鸣。

时光是一首流动的诗

时光,如此诗意,如此美丽,如此让人感怀。它,如一叶轻舟,从岁月深处缓缓驶来;它,如一把纸伞,留住轻轻的雨声;它,如一抹丁香,轻轻在草尖蔓延。镌刻每一份欣喜,感悟每一道风景,留恋每一次心动,用心珍藏,淡然前行。

人生,如一河静谧的阳光。从清晨到日暮,从微凉、热情到余暖,丝丝缕缕,缓缓流淌;从曾经到远方,从失去、拥有到奢望,闪闪烁烁,默默感伤;从视线到心上,从天真、奔涌到平淡,清清浅浅,细细过往。懵懂的,追求的,执着的,化作一张信笺,一道风景,一首歌谣,收藏在内心深处。

在内心深处,埋下一枚阳光的种子。徜徉岁月的牧场,那是一个人的风景;聆听时光的脚步,那是一个人的呼吸;品味生命的真谛,轻轻打开另一扇窗。

习惯独自旅行,只带一个简单的行李,一个美好的梦想;习惯沉默微笑,绽放一抹忧伤,一抹紫色幽远;习惯静中思索,揉碎一缕心事,一缕难言柔情。习惯素面朝天,不必刻意掩饰;习惯粗茶淡饭,不必烛光晚宴;习惯默然相守,不必山盟海誓。

习惯慢慢看,静静听,默默想,让心与自然,与世界,与生命同行。

在一个人的时光里,静静守候一片海,一个世界。沙滩上深深浅浅的脚印,是一个人的寂寞,一个人的风景,一个人的心情;记忆中远远近近的曾经,是一个人的依靠,一个人的温度,一个人的奢望;心灵里纯纯净净的剪影,是一个人的色彩,一个人的思念,一个人的眷恋。

一个人，就是一行隽美的诗，一首忧伤的歌，一朵绽放的花。

淡然人生，用爱穿越岁月的风雨。人生并不完美，诸多辛酸，诸多幽怨，诸多遗憾；人生总是可爱，诸多微笑，诸多美丽，诸多感动；人生终会平静，诸多历练，诸多感慨，诸多沧桑。只要用心，人生就完美；只要有爱，人生就精彩。

遥远的，总会靠近；叮咛的，不会忘记；梦想的，就在心里。

时光，如一本宁静、恬淡、充满智慧的书。凝目阅读，走进章节，打开心门，沐浴在温暖的阳光里，沉静在澄净的世界里，陶醉在单纯的快乐里。

岁月如歌，做生命的行者

一次次遥望远方，一次次渴望梦想，一次次远行他乡，其实自己一直在路上。湛蓝如洗的天幕下，广袤无垠的大地上，我们都是生命的行者与歌者。行者，并不只是为了沿路的风景，而是一种追求；歌者，并不只是为了一时的心情，而是一种阐释。

背起行囊，在熙攘的人群中穿行，感觉这个世界既陌生又亲近。很少有人正视你，因为你很普通；你向别人微笑，别人往往也会报以微笑，因为微笑是最好的言语；偶尔点头，有时是一种无言的问候，有时是一种沉默的回答。

无须吹捧，也不必自卑，都是人生路上的匆匆过客。做好自己的事，做好自己的人，无愧于心。

做一个生命的行者，在文字中慢慢行走。静静地欣赏文字，默默地品味心境，淡淡地享受生命，是一种心态，是一种真诚、坦然、幸福的感觉。放下杂念，稀释烦忧，笑看落花，让心灵自然纯净；不要强求，不必奢望，以心换心，让自己准确定位。

让文字沉静如花，让心淡然如水，让这份美好常驻心间，感动你、我、他。

做一个生命的行者，享受真正的幸福。幸福，其实很简单。平静地呼吸，仔细地聆听，微笑着生活；有人爱，有事做，有所期待；不慌乱，不迷茫，无悔人生。幸福，其实在路上。走一步，有一步的风景；退一步，有一步的心境。

幸福的距离并不遥远,在你的眼里;幸福的色彩并不缤纷,在你的心里;幸福的感觉并不缥缈,在你的生命里。

做一个生命的行者,让心拥有海一般的情怀。若是一片海,愿十指相扣许下一片蔚蓝,让岁月粲然;若是一片海,愿把哀愁化作朵朵浪花,让心潮澎湃;若是一片海,愿用心守候那一缕光芒,让生命无悔。也许时间如沙,点滴滑落,何不淡然欣赏眼前的风景;也许往事如沙滩上的脚印,深浅可见,何不面朝大海,让背后春暖花开。也许海不属于我,但我想属于这片海。

捻一抹芬芳,携一缕月光,只想坐进一朵花里静静听风。或许风蚀的岁月,终将沉淀的心事,婉约成一段段诗词;或许习惯晨昏里走进沉思,以缄默的方式,润泽一个个鲜亮的梦;或许经历得太多,时光便在不知不觉中沉淀,化作一场场纯澈的雨。

如歌的岁月,我们只是生命的行者。

人生是一幅渐渐展开的画卷

一段距离，是一种心境。或友情，或爱情，或亲情，若相隔一段距离，才是最让人心动的；或感叹，或埋怨，或受伤，人生怎会如初见，最初的美好，最初的惊艳，最初的感动，只是最初，难以长久。守候一段距离，不是淡漠，不是疏远，而是在乎。其实，坚守一种感情，是最难的。

人生，如一幅渐渐展开的画卷。它，可泼墨而就，可简笔勾勒；可渲染重彩，可简单留白；可让人心动，可使人遗憾。终究是画卷，难如人意，难尽情怀，也难以唯美。无论精彩还是平淡，都会沉寂；无论短篇还是长篇，都有尾声；无论前行还是退却，都在路上，在心间，在记忆的深处。

人，不再年轻；心，永远年轻。

人，有时需要的，其实并不多。一个人走，一个人思索，一个人沉醉；一个人忙，一个人期盼，一个人体会；难过时有安慰，倦怠时有依靠，无助时有怀抱。珍惜自己，因为生命仅仅一次；珍惜缘分，也许转身就是一生；珍惜亲情，因为那是最无私的爱。

人，有时需要的不过是一双注视的眼睛，一个可以依靠的臂膀，一个能读懂自己沉默的人。

人，有时需要的，只是沉默。沉默，是无言的力量，是无声的感动。习惯沉默，做一个凝视者，清清浅浅，如一条执着流淌的河流；习惯沉默，做一个聆听者，简简单单，如一缕清爽浪漫的秋风；习惯沉默，做一个思考者，平平淡淡，如一抹凄婉隽美的剪影。

人，有时需要的只是沉静。和煦的阳光，静暖心扉，不再有阴霾和潮湿;飒然的流风,擦亮视线,不再有恍惚和迷茫;静谧的心境,涤荡灵魂,不再有懈怠和卑微。过去的不再回来,回来的已不再是过去;过去的是时间,过不去的是心情。

人生,是一幅渐渐展开的画卷。花开花落又一年,让自己坚强,无悔,淡然。

紫陌流年，生命如歌

人生在世，俯仰之间，当追求卓越，尽其所能。有些事，最好沉默，不要祈求；有些情，最好放弃，不要奢望；有些人，最好忘记，不要眷恋。离你远去的，也许是为了再次的重逢；美好的回忆，不要留恋，失去也是一种美丽。

喜欢静水流深般的心情，钟情落花无言般的胸怀，享受纯净湛蓝的天空，让心如歌，让世界如诗，让生命如花。只想不言不语，不惊不喜，不怒不怨，淡如菊，素如梅，面朝天；只想懂风的心语，懂水的清澈，懂星月的思念，孤单时有人眷恋，离别时有人相拥，伤痛时有人问候；只想简单的岁月，简单的幸福，简单的生活。

喜欢静静的阳光，因为它原始而淳朴；喜欢柔柔的细雨，因为它清凉而浪漫；喜欢默默地思念，因为它忧伤而隽美。喜欢花开花落，它蕴含一个生命的轮回；喜欢月夜深思，它能触摸自己的心灵；喜欢沉醉音乐，它能倾诉难言的心语。

那淡远，那静美，令人心折；那雄壮，那宁静，令人感动；那时光，那生命，令人深深喜欢。

喜欢一个人散步，因为它是一种沉静，一种心境，一种心灵的徜徉。在黄昏，在清晨，在灵魂的最深处；在月下，在雨中，在淡静的大自然；不需欢乐，不必忧伤，在沉默的情怀里。从很小的世界里走出来，从自己的心里走出来，从世事的纷扰中走出来，感受那清新的自然，那缤纷的世界。

生命，其实是一种缘分。蓦然回首的凝视，擦肩而过的随意，相视一笑的粲然，无不折射出人生的偶然，岁月的相遇，生命的缘分。一个眼神，可以让人意志弥坚；一句话语，可以让人铭记一生；一抹微笑，可以让人魂牵梦绕。

不需誓言，不必承诺，不要苛求，把握生命，珍惜缘分。紫陌流年，让生命如歌。

淡雅，心灵的一道美丽风景

淡雅，是一首隽永的诗，一种至美的境界，一抹别样的风景。它是一种态度，一种品位，更是一种令人心仪的气质。它，暖暖的如一缕阳光，温馨着风雨沧桑的情怀；它，清清的如一条小溪，流淌着净爽醇美的岁月；它，柔柔的如一缕心音，拨动着心底柔软的琴弦。

淡雅是一种自然的美丽。美丽，是一面镜子。在美丽的大自然面前我们是美丽的，因为我们热爱它；在美丽的音乐面前我们是美丽的，因为我们沉醉它；在美丽的心灵面前我们也是美丽的，因为我们敬佩，我们感动，我们拥有。有时我们并不美丽，才去追求美丽；有时我们拥有美丽却并不美丽，因为那不是真正的美丽。

美丽，是思想，是心境，是生命。

淡雅是一种生命的缘分。这种缘分，是生命中最动听的歌谣，最自然的情怀，最美丽的风景。它无须掩饰，总在不经意间让人惊喜；无须强求，总是一瞬间让人感动；无须阐释，总让人充满意外和感叹。它摸不到，看不见，猜不透；它，是必然也是偶然，是相聚也是分离，是快乐也是忧伤。

淡雅是一抹清浅的时光。它，时而疏远，时而切近，但一直在你的视线里；它，有时有情，有时无情，总不经意间让你潸然泪下；它，偶尔短暂，偶尔漫长，常常让你感动而忧伤。时光于水，潋滟荡涤；时光于人，温情美丽；时光于心，纯净明晰。

珍惜时光，谱写浪漫絮语；品味时光，点亮幸福真谛；享受时光，感悟生命，用心铭记。

淡雅是一条漫长的路。这条路,不仅是距离,更是一种经历。沿路的风景只是风景,尽管美丽;沿路的相遇只是相遇,尽管不舍;沿路的感动只是感动,尽管心动。褪色的记忆,写在岁月的章节里,忘记不了的就铭记;脚步的方向,依然镌刻在心底,坚持不了的就放弃;心的执着,在岁月里,在生命里。走自己的路,才能走到向往的地方。

淡雅是一种纯洁的爱。这种爱,是最美的一束花,最美的一首歌,最美的一道风景。这种爱,是一种责任,一种真诚,一种无言的承诺。有时它无须表述,一个微笑,一个眼神,一滴眼泪,就能让人心动;有时它无须靠近,一首诗,一阕词,一段曲,就能让人温暖;有时它无须奢求,一次邂逅,一次守候,一次回首,就能镌刻心头。

这样的爱,是缘分,是生命,是世界。守候这份爱,守住心灵的这份淡雅。

浅浅喜欢，在似水流年里

世上最真的情愫，是灵魂之间最深切的呼唤与默契。总认为梦有多远，心就有多远；总想在疲惫的时候，让心情在微光里柔软着色；总是不说忧愁不想烦恼，只让心情放飞。很多微笑，明知是虚伪却要勉强；很多放弃，明知是美好却无奈离去；很多事情，明知结局却无法改变。

喜欢时光，因为时光有情又无情。聆听时光，静谧如秋之水，深厚却不露声息，宁静中隐匿着多少青涩的酸楚；品味时光，清香如宋之词，雅致却不乏浪漫，感怀中飘零着多少难忘的思绪；思索时光，沧桑如心之海，澎湃却极尽淡然，忧伤中诠释着几多永恒的生命。

那细细淡淡的经历，那点点滴滴的感动，是时光的沉淀，是岁月的洗礼，是踏实的脚步。

喜欢简单，因为简单是一种心情，是一种历练尘世的通透，更是一种自然唯美的情怀。做一朵静默的花，晨钟暮鼓，餐风饮露，在生命的轮回中静静生活；做一溪干净的清泉，栉风沐雨，涤荡回转，在岁月的长河里浅浅歌唱；做一场低调的春雨，浅浅飘洒，润物无声，在季节的交替间尽情感动。

喜欢雨，因为雨是一种自然，是一种浪漫，更是一种心境。有雨的窗，是多姿的，是内涵的，是美丽的；有雨的海，是涌动的，是澎湃的，是永恒的；有雨的心，是潮湿的，是忧伤的，是静美的。雨，是一本书，总让人无言泪流；雨，是一支曲，总能触摸到人的心底；雨，是一个梦，总寄托着遐思。

雨，清凉了自然，温暖了思念，纯澈了心的世界。

喜欢沉默，因为沉默是力量，是生命。假如只有一次邂逅，便没有那么多的惆怅；假如只有一次相知，便会是彼此生命里最美的过客；假如时光能够倒流，愿用时间交换一个未完成的梦。沉默岁月，在最深的红尘里相逢，在无法逾越的静谧里沉醉，在无悔中让生命永恒。

做好自己，因为有些事，懂得时不再年少；有些人，珍惜时不再相聚；有些情，想拥有时已经错过。

生命的沉思，如歌的行板

生命，是一次历练，是一道风景，更是一种缘分。擦肩而过的随意，蓦然回首的凝视，相视一笑的默契，折射出生命中的缘分。不需誓言，不必承诺，不去祈求，缘起缘落，自然在心。相互接近，相互倾听，相互温暖，珍惜聚散分合的人生旅途，穿越多姿的生命轨迹，跨越不同的心路历程，让生命无悔，美丽而精彩。

人生的风景，其实不在漫长的路上，不在别人的视线里，而在我们自己的心中。一首歌，就是一个故事；一行诗，就是一种心情。清风拂过心海，读懂了无言，也拥有风一样的自信和飘逸；飞雪缤纷天地，体味了纯澈，也拥有雪一样的洁净和执着；忧伤滑过岁月，诠释了永恒，更拥有了自然的淡静和豁达。

面对生命，保持一种微笑，尽管有点傻乎乎。有时傻乎乎是一种真诚，一种内涵，一种生命淡如水的心境。它洗尽铅华，拥有一份沧桑，一份成熟，一份睿智；它淡泊静美，如一抹剪影，一溪流水，一缕清音；它无言精彩，洞悉恩怨悲喜，云淡风轻，笑对尘世。它是一种思想历练后的情怀，是一种通透世事的态度，更是一种岁月人生的领悟。

生命路上的往事，纯白如雪，寂静无声，温暖曾经的珍藏；美丽如雾，难以言说，装点熟悉的风景；寂寞如湖，静水流深，忧伤了那游弋的鱼儿。伸出手掌，让清风滑过指尖，那是时光的留影；微闭双目，让细雨沉寂心海，那是情怀的演绎；敞开怀抱，让阳光照亮心扉，那是生命的乐章。

相约春天，与心相伴，携份温暖，一起经历，一起遗忘，一起感动萦怀。

生命如潮水，时而平静，时而澎湃，潮湿了岁月，拨动了心弦；生命如清风，时而轻柔，时而肆虐，温暖了季节，冰凉了心境；生命又如歌，时而欢快，时而忧伤，阐释了情怀，淡然了生活。一次喜悦，一段迷惘，只是一抹心情，一次经历。

不再虚妄，不再遗憾，不再迷失，默默守望生命，让岁月如天空般湛蓝而纯净。

静坐夜空下,聆听生命的旋律

静坐夜空,聆听生命的旋律。那是澄澈的心语,那是感悟的真谛,那是多姿多彩的灵魂演绎。如一团流云翩跹凝聚,化作夜雨在梦中飘逸;像一泓潭水婉约柔美,守候静深处默默无语;似一轮明月皎洁纯寂,高居净空却驻心底。一句唐诗,一阕宋词,一首元曲,让身心沉醉在墨香里,沉醉在音乐里,沉醉在岁月里。

如水的月光,闪烁的星空,淡静的思绪,浅浅滑过柔美的岁月,直达心灵。可曾独守夜窗,遥寄情怀,用绕指柔轻叩心扉?可曾静听时光,放逐思念,用残花香装点梦境?

展开情结,点亮心灯,倚风伴云,抚山摸水,到放飞心灵的地方,去倾泻,去沉醉。

雨天中,守候无言的静默,感受雨的清爽,天的空阔;静默中,寻找失落的天真,品味距离的遥远,文字的浓度;天真中,挥洒久违的奔放,放逐心的方向,梦的徜徉。一个人不需要空洞的甜蜜,只要一份静谧;不需要虚假的问候,只要一句承诺;不需要火热的理由,只要一份真诚。

爱到深处,会跌落尘埃,瞬间化作一朵花,芬芳了岁月,却伤害了自己。爱,是一种尊重,是一种承诺,是一种责任,不是亵渎,不是游戏,不是卑微。

一滴露水,就是一扇心门,就是一缕生命的源泉,就是一个清澈的世界。淡定自己,让一切繁杂纷扰渐渐沉寂,化作一片清凉;拂去尘埃,让所有纠结牵绊默默忘却,独守一隅静然;擦亮视线,用水的深沉,承载期盼的执着。

在波平如镜的岁月中，静写跳跃涌动的诗歌，飞翔温柔缱绻的情怀，沉醉挥舞精彩的生命。

生命中，几多苦，几多累，几多难，就像一只沙漏，只有经历了狭小的瓶颈，人生的路才会豁然通达。不必埋怨，不要躲避，深陷其中时，坦然面对：视磨难为通途，前面春暖花开；视负累为雨水，催熟生命的紫薇；视曲折为赏花的心情，一路走去。

抬起头，沉下心，用羸弱身躯，积蓄无穷力量，实现无限可能，直抵心的方向。

如水人生，浅浅喜欢静静爱

雨，静静洒落手心，浸湿的是心境，终究是一片清凉，难以复得；风，飒飒掠过视线，漂泊的是远方，终会是一抹风景，转瞬即逝；心，默默守望生命，穿越的是灵魂，始终是一段记忆，刻骨铭心。

春雨的湿润，夏蝉的律动，秋思的深远，冬雪的温暖，是生命的色彩，自然而唯美，凄清而浪漫，感怀而纯澈。微闭双目，平静呼吸，放逐心绪，那一抹风的漂泊，那一滴雨的潮湿，那一江水的澎湃，明净了心灵，涤荡了岁月，讴歌了生命。

用心聆听，每一段清冽的旋律；用心感受，每一次难言的感动；用心铭记，每一次深刻的眷恋。

人生，是多彩的，既是与生俱来，也是后天所赐；人生，是清澈的，既是小桥流水，也是隽美华章；人生，是透明的，既是简单平凡，也是苍凉瑰丽。人生的底色，本质是黑与白，单调唯美而动人。时过境迁，底色又是多变的，也许灰暗，也许缤纷，也许惨淡，但最终会由繁杂转为简单，由迷离转为清晰。

站在时光岸边，凝视喧嚣红尘，细数几许感动，固守一片心灵的清澈；伫立岁月河畔，聆听季节轮回，感悟诸多情怀，浅释一份自然的唯美；独守生命的溪边，静思如水生命，绽放一朵指尖的闲花。如水人生，恬静而热烈，忧伤而浪漫，简单而华美，因存在而飘飞，因孤寂而无言，因纯洁而透明。

以潇洒的姿态，寻找自己的方向。

每个人都是人生路上的匆匆过客。在不同的路口相遇,在陌生的风景里寻觅,在摇曳的岁月聚散离合,守候一片宁静心海,淡观云卷云舒,编织美丽邂逅,成为一段清幽的旋律,一幅纯美的画卷,一阕婉约的辞章。

风雪夜何时归,大漠独行谁是客?回首依依琴声,默默倾听遥远而亲切的呼唤,浅浅喜欢静静爱。

用一抹微笑，静静地等待

浅浅微笑，静静等待。等待，是一个过程，是一种心境，是一种难言的情愫。等太阳爬上树梢，等月亮落进水里，等迎春花开，等，不单单是等一个人，等一种结果，更重要的是用心在等，用爱在等，用生命在等。

无言的岁月中，默默积累，默默耕耘，默默欢呼；无声的时光里，静静思考，静静感悟，静静铭刻；流淌的生命里，淡淡历练，淡淡感动，淡淡飞扬。展一简时光，捻一缕心香，叙一水文字，轻抚心弦让思念纯净质白，心如止水，守候一座清宁的城。

凝视远方，把忧伤珍藏；放逐思绪，让生命飞翔。

喧嚣的城市，一抹剪影，熟悉而陌生，让心徘徊；过往的路口，一声呼唤，忽远又忽近，让人心碎；孤寂的心境，一缕温暖，模糊而清晰，让人牵念。抬望眼，就在前面；伸出手，却在对岸。

静夜如诗，凝望深邃的世界，让心淡然；岁月如溪，拨动时光的琴弦，让心温暖；爱如舟楫，划过每一个黑夜和晨曦，让心偎依。是谁的残笛在午夜中呜咽，是谁的笔墨在流年里飘飞，又是谁的童话在生命里演绎？

一世的清纯，只是灰色的轨迹，唯美的花祭，化作无声的叹息，潮湿了心海，忧伤了四季。

微笑，是一首隽永的诗，字里行间是最本真的温柔；是一幅清淡的画，轻描淡写是最美丽的色彩；是一首悠然的歌，迂回曲折是最动听的旋律。让自己微笑，它的情怀往往蕴含着淡淡的苦涩，它的背面默默承载了些许的忧伤。

善良的天性，纯朴的情感，真诚的性格，是微笑中最亮丽的风景。

轻念一首诗，让岁月铭记这无言的律动，左手暖右手；静唱一首歌，让单纯自成一片清凉世界，过往到未来；浅听一场雨，让透明温馨那倦怠的目光，此岸望彼岸。

用心微笑，用心等待。默默播种一颗有尊严的种子，在我的心底，在你的心田，在他的心间，收获的将是最甜美的笑容，最纯净的心。

如水夜凉，让生命简单而精彩

静静的夜，如风掠过心海，过往的人，过往的事，过往的情，起起落落。淡淡的文字，如花绽放指尖，层层叠叠；悠悠的旋律，如水静深流淌，反反复复。宁静的心情让人安逸，平和的心态让人洒脱。微闭双目，用平淡释怀挫折，用呼吸淡化喧闹，用宽容聆听生命。

月下倚窗，独享寂寞。一个人的时光，是简约、静美而丰盈；一个人的情愫，是温馨、浪漫而忧伤；一个人的音乐，是悠远、空灵而凄迷。岁月不居，时节如流。轻展一简时光，淡淡思念，淡淡开心，淡淡惆怅；轻捻一缕心香，浅浅揉碎，浅浅感悟，浅浅铭刻；轻叙一水文字，静静阐述，静静感动，静静飞扬。

一些人，一些事，一些情，恰如此时此刻。一场雨，一份静，一首曲，闭目倾听，欲说难休。

忘却烦恼，忘却伤痛，忘却一切，让心结渐渐解开，散为心头之莲；一水之遥，一方之岸，一声轻叹，让岁月默默流淌，化作水中幽萍；寻份淡定，找片纯净，觅方天地，让生命淡淡放逐，使心如止水。喧嚣与烦躁，浮沉与得失，贴近与疏远，尽在无言，随风飘向远方。

心，是一泓清泉，洗濯灵魂，滋润生命；是一盏路灯，温暖思想，照亮方向；是一场春雨，润物无声，柔美隽永。卸下沉重的面具，一袭青衣，素面朝天；走出世俗的藩篱，放逐心绪，感念自然；剔除心园的杂草，轻翻泥土，播下种子。

张开双臂，让岁月拥有美丽心情，让思想走向深刻纯净，让生命愈加丰盈生动。

生活，一次次用无情揉碎易伤的心事，如片片秋叶散落在记忆中；一次次用沉默降低痛苦的浓度，如首首歌谣浸湿在思念中；一次次用无言剥开难言的痛楚，如瓣瓣落花流淌在岁月中。

不要慌乱，不要躲避，不要迷茫，梳理心绪，检点自己，调整心态，让视线更透彻、明晰，让思想更纯净、执着，让生命更简单、精彩。

无声的时光里，守候一座清宁的城

时光如溪水，静谧而清澈，悄然而去，隐匿了几许青涩的酸楚；时光如墨香，醇美而悠远，淡然而飘，涟漪了几多平静的心湖；时光如歌谣，久远而寻味，涓然而动，浸湿了多少难舍的情怀。岁月的洗礼，心灵的积淀，思想的成熟，使生命不断涌动、升华、永恒。

僻静的小路上，独自一人，缓缓走进灵魂深处。凌乱的脚步，如一行苍白的诗，起起伏伏；细碎的情愫，如一缕清凉的风，恬恬淡淡；起伏的心海，如一首凄美的歌，隐隐约约。一句话语，一声叮咛，一份安然，让人涌动，让人感伤，让人潸然。

寂寞里，收获宁静和成熟；浅笑中，感受凝重与恬淡；沉默时，守候人生的似水流年。

独步林间，在岁月的最深处静静徘徊。林间的松风，如阵阵箫声，潸然了滴滴清泪；一溪的蝉鸣，如汩汩清泉，流淌在浅浅心间；脚步的细碎，如句句诗行，澎湃着心灵的流湖。斑驳的树上那最高的枝梢，清澈天空中那最低的流云，纯美自然里那最深的眷恋。

我是一抹风，行走在天地之间。草原上，草尖与游云拥舞的声音，是纷杂世界里听不到的微语，是大自然深奥的交谈；树林间，树叶婆娑摇曳的身姿，是喧嚣城市中看不到的风情，是大自然美丽的舞蹈；大海中，波浪与岩石的撞击，是情感的火花，是心海的澎湃。风，成就雨的潇洒与浪漫，山的延绵与伟岸，水的静美与华章。

倾听花的微笑，一份惆怅悄然稀释，随岁月无声流逝，只留下一抹清风;倾听山的对白,一种深思幽然而生,随季节无言凝重,只留下一袭剪影;倾听风的洒脱,一份闲适浅然涌动,随生命无语漂泊,只留下一段回忆。

给自己一个简单的岁月,如花般默默绽放,不为娇容不为称羡,只为美好的情愫在心中;给自己一座清宁的城,一点一滴,清清楚楚,明明白白;给自己一条河流,让生命的轮回来来去去,反反复复。是去是留,以一种洒脱的姿态选择;是聚是散,用一份微笑的心境释怀。

从无到有,从有到无,人世苍茫,追逐无常,以静取闲,从容面对。沉默地积累,沉默地耕耘,沉默地欢呼。在无声的时光里,用坚强和美好,守候一座清宁的城。

玉兰树下的静思

细雨霏霏，玉兰树下，湿了青衫，凉了心境。望断山，遥寄竹林，与君共饮一江清水。垄上风柔，竹影婆娑，似心事在淡淡诉说。小蹊幽深，萋草杂错，脚步轻叩，栀子花落。年华似水流，他乡风寒露浓。恰似那遮不住的青山幽幽，斩不断的绿水悠悠。风吹过，大雁南飞，心在漂泊。

青灯下，衣袂飘然；音乐里，此情可待；睡梦中，心在徜徉。心灵空间，流光飞影，抚琴独唱的是谁的歌谣；夜色陆离，醉月湖畔，徘徊的是谁的脚步；弦断无力，瞬间精彩，是否能够永恒停留。不想负累，不想卑微，更不想撕心裂肺。

若是一片海，会等候寂静的黎明，用一缕光芒见证晨曦的悄然来临；若是一片海，会陪伴寂寞的海岛，用一抹忧伤倾听夜风的喃喃心语；若是一片海，会为岁月涤荡，为你汹涌，为爱澎湃。愿化作一片海，吞噬世间所有的喧嚣无奈，只留下一片清净，一份淡然，一世豁达；愿化作一片海，将所有的爱与哀愁化作白色的海浪，只留下一纸诗词，一种情怀，一声感慨。

静静地凝视，那浅淡的文字，如花儿悄然绽放，是别样的清香；静静地倾听，那悠扬的音乐，如云中漫步，是凄美的忧伤；静静地思索，那难言的情愫，如石上清泉流淌，是生命的乐章。夜的静美，雨的飘逸，雪的轻盈，让心明如月，凄婉素白；让心淡如水，流深无痕。

何必自扰，何必在意，何必慌乱，让心静然。

这是无人喝彩的绝唱，这是以生命为代价的华美，这是一捧泥土融入大地，一片流云飘荡蓝天的洒脱。那橄榄树下的痴痴等待，那遥远地方的久久徘徊，那越等待越强烈的爱，不是偶然，是必然，是无法抗拒，是绝美。爱的旅程，如此辉煌，留下的伤痕却太深太深；如此痛楚，留下的却是生命里最动听的歌曲。

玉兰树下，独自静坐，将心沉淀，尘缘如梦，幽幽一缕暗香飘过。

独处是一朵静默的花

细细碎碎的风铃声，是岁月匆匆的脚步；浅浅淡淡的记忆，是天边的一抹斜阳；苍苍凉凉的月光，是一首渐行渐远的牧歌。漫步林中，默默倾听月亮与星星的心语，静静感受清风与夜色的温情，淡淡回味若隐若现的忧伤孤独。

独处，至简至淡。它是一种智慧的沉淀，是一种无我的心境，是一种自然的取舍。在喧嚣中，独守一片宁静；在落寞中，坚持一份简单。也许只有月白风清的淡定，人淡如菊的从容，才能欣赏到生命过程中至善至美的风景。生活中，如果不贪名利、不惊荣辱、不计得失，那么人生会更轻松，岁月会更充盈，生命会更精彩。

独处是一种思念。这种思念，是一首歌，在红尘中起起落落；是一把锁，在等待有人开启；是一条河，在生命中浅浅流过。依窗的月，凄清而静雅；等待的夜，深远而漫长；独处的心，时而欢笑，时而泪流，时而放逐。

独处是一种别样的美。这种美，是有内涵的，是有色彩的，更是有生命的。泉眼惜细流，是一种流动的美，它涓然、执着而深远；层林霜尽染，是一种季节的美，它悦目、怡心而浩瀚；小巷撑纸伞，是一种清丽的美，它温婉、隽秀而永恒。这种自然的美，在眼在心；这种气质的美，在感知在体味；这种人生的美，在积淀在追求。

独处是一种自然的气质，是一种生命的豁达，是一种真实的美丽。独处时，静美、清灵、温馨随之而来，贫穷也富有，寂寞也温柔。漫步溪水边，感受一份清凉；默闻碎花香，聆听一声鸟鸣；手捧一杯香茗，在书中解读生活，在宁静中明晰心灵。

我是一片白云，因风而飘逸，缤纷了四季，璀璨了苍穹；我是一抹月影，因静而遐思，装点了夜色，揉伤了心绪；我是一缕墨香，因雨而凝重，豁达了心境，馨香了岁月。弹一曲旋律，让幽萍在心湖荡漾；燃一缕心香，把碎梦轻轻点亮；温一壶月光，让心灵静静徜徉。

独处是一朵静默的花。天的浩瀚，水的涌动，美的永恒，在心中，在独处的遥望中，在柔美的人生中。

简单的岁月里，让思念如影随形

冬夜，守望心的一隅，那是一份闲致，一种静谧。无法解释的过去，无法排遣的烦恼，无法拒绝的忧伤，像花丛中飞舞的彩蝶，像指间滑落的文字，在心中留下的终是一种轨迹。月光冷清地站在树梢，音乐缓缓地如水在流淌，思绪像风中的树叶在漂泊，简单的岁月里，让思念如影随形。

简单，是一种精神，一种高贵，一种令人心仪的气质。简单做人，简单做事，简单生活。简单做人，率性而为，把握分寸，随遇而安，坦然接受现实；简单做事，不惹事，不生事，不怕事，不悔，不怨；简单生活，把握自己的命运，担当一切。

简单到最后，就是幸福，就是智慧。

人生本无恙，本无忧，本无苦愁，岁月静好，可不经意间，一首歌谣，一句问候，一声叹息，却怦然心动。自此，遥远的距离，就像是明月与清泉，只能相望却不能相依；无助的牵挂，就如夜空凝聚的忧伤，化作冬雨潸然而下；无期的守望，就像寒夜里的梦，一个个无声地破碎。

思念是一种呼唤，一种穿越，一种唯美的情怀。它时而宁静，如微风拂过琴弦，如落花飘零水上，如静潭流深，涤荡在岁月里；它时而疯狂，如潮水汹涌澎湃，如烈火熊熊燃烧，镌刻在泪光里。

思念，在文字里，在简单的岁月里，在精彩的生命里。

谆谆叮嘱的，不会遗忘；深深记忆的，全部珍藏。相聚时总是很短，期待时总是很长，岁月的溪水边捡起多少闪亮的诗行。若想念，就望望天上繁星,那里有寻觅的目光;若烦躁,就淋淋天上细雨,那是生命在流淌;若寂寞,就问问梦中泪光,那是刻骨的忧伤。

思念,让生命悠长,让生活简单,让岁月永恒。

简单的岁月里,让思念静静划过,如影随形。

习惯沉默，让生命之花静然绽放

沉默，是一种美德，是一种智慧，更是一种魅力。如果语言是花，沉默就是种子；如果语言是树，沉默就是根须；如果语言是溪流，沉默就是源泉。花开花落，阐释的是一种轮回；季节流转，展示的是一种力量；时光流淌，诠释的是一种美丽。

习惯把生命作为一场漂泊的孤旅。曾经的地方，曾经的人，曾经的事，也许都将成为驿站，成为过客，渐渐淡忘。对于曾经的驿站，只能剪辑，不能驻足；对于曾经的过客，只能感激，不能苛求。把握好自己，留给自己一个空间，留给心灵一个栖息的地方，淡然面对，从容处之。

习惯默默品读你——岁月。读你如歌，一如穿越千古的笛声，悠扬含蓄；读你如水，一如溪流迂回在山谷，急而不湍，清澈透明；读你如茶，一如芝兰甘香，幽而不冽。花落无声，生成了一首雅致的诗；流风无痕，挥就了一阕婉约的词；浅浅微笑，散落了一地淡淡的香。想走近岁月的彼岸，却永远无法到达。生命无憾，风雪永远挡不住前行的脚步。

习惯望断红尘，星月做伴；习惯独守角落，编织属于自己的世界；习惯守候美丽，期待生命平凡的浪漫。也许，时间是一缕疼痛的风，是一段揪心的守候，是一道浅浅的伤口。愿掬一捧清泉，静静放在时光的河上；愿燃一缕心香，期待那风，那雨，那雪，将心轻轻唤醒。不寂寞，心漂泊，岁月是一首永远唱不完的歌。

很多时候，总在仰望、羡慕着别人的幸福，一回头，却发现自己正被别人仰望、羡慕着。其实，每个人都是幸福的。只是，你的幸福常常在别人眼里。

人生的路,其实很长,也很精彩。我们常常为环境所迫,为条件所困,为生活所累,为感情所惑。许是久了,许是累了,许是厌了,会觉得路越走越狭窄,甚至觉得山重水复疑无路。实际上,狭窄的不是路,而是我们的眼光和我们的心境。

一个人如果不能追赶太阳,可以选择月亮;如果不能拥有花的高贵,也能拥有果的甜美;如果不能拥有曾经的梦想,就拥有自己的一份沉默,让生命之花静然绽放。因为,路的旁边也是路。

积淀岁月,让人生卓尔不凡

岁月里,静听雨的洒落,闲闻风的清香,感受时间的流淌。红尘中,沉醉于自然,守候一份希望,享受那天高云淡的情怀,让思绪放逐。那滴滴雨珠,淡淡情怀,使心在雨中沉淀,在风中徜徉。闭眼沉思,意在秋中,韵在雨中,曲在心中。

岁月,如一棵枝干纵横的大树,我们的生命就像一只只飞进飞出的小鸟。尽管遭遇了冻风冷雨,不堪忍受,也要忍耐、等待。我们要坚信:这棵大树正在孕育力量,在时刻靠近你,温暖你,会为你站出一种春天的气象。不要着急让生活给予你所有的答案,有时要耐心等一等,才有结果。因为生活的美好,总会在你不经意的时候盛装莅临。

让目光穿透岁月,让微笑温暖岁月。目光,有时是无法破译的密码,也许朦胧如月,也许炽热如火,也许淡静如水,但它是心灵的窗户,是灵魂的明镜;微笑,有时是无法阐释的唯美,也许自然清丽,也许看淡红尘,也许恬静人生。所有的思盼不舍,所有的起起落落,所有的感慨过往,也许此刻在岁月里渐渐沉淀、淡忘。

积淀岁月,让它成为一种魅力。魅力,是一种气质,是一种历练,是一种浪漫的唯美情怀。它,如一首经典的老歌,总让人回味,让人铭记;如一串秋天的果实,远闻其香,近观其美,总让人流连;如一条入海的河流,历经四季的轮回,依然静静流淌。魅力,是宽容,是心态,是明澈,是自然至美的风景。

积淀岁月,让它尘封烦忧。尘封是一种心境,是一种优雅,是一种浪漫的情怀。它如一捧洁净的雪，自树枝悄然落下，只给世间一道美丽的背影；如一首难忘的旋律，藏在记忆深处，总在不经意间又响起；如一缕飒飒的秋风，轻轻滑过心海时，流下的是一滴清泪。人生中太多的精彩、无奈与伤感，也许只能尘封，却不能晾晒。

积淀岁月，让自己成为一个有品位的人。品位是一种素养，一种无言的美丽，一种只能感受的唯美情愫。它是成长的标志，是一种思想的沉淀，是一种自我超越的心灵磨炼。它如一杯浓茶，怡人茶香温馨四溢；如一首悠扬的歌，滋润生命中的每个季节；如一股清泉，诠释人生中的卓然不凡。

得意，失意，切莫在意；顺境，逆境，切莫止境。不骄狂，不退缩，永远充满朝气。积淀岁月，让我们都成为有魅力、有品位的人。

一句诚挚的问候，静默美丽

心中总有一种莫名的忧伤，让人沉默，让人淡然，让人触动灵魂的孤寂。不想一个人，可总是一个人；不想默默地走路，可总是默默地走路；不愿轻易放弃，可总是无意间放弃。一句诚挚的问候，让人静默，让人美丽。

一句诚挚的问候，让人默默聆听。夜阑人静，屏住呼吸，深深陷入这清澈的音乐中，心生感动，灵魂随音乐在云端飘荡。此时，世界停顿，心如止水。那来自草原的声音，是最自然、最纯朴的声音。静静地聆听，安详、静谧，让人感受到草原的气息。

是否，人错过了生命中的可能，遗憾将会比失败更可悲？

一句诚挚的问候，让人深深思索。面对一朵独自绽放的花儿，仿佛听见花儿的呼吸，一如聆听心灵的声音。这源于心中一粒思考的种子，一只孤独高飞的苍鹰，或者一种等待了千年的渴望。每当欣喜若狂或怅然若失的时候，与花儿对视自语，随之而来的坦然瞬间充溢身心。让纯洁的心悄然打开一扇门，让灵魂远行，抵达一个淡泊高远的纯净世界。

是否，这也是一种幸福？

一句诚挚的问候，让人慢慢沉静。沉静地坐着，沉静地微笑，沉静地站在世界面前。沉静所流露出的自信、端庄可以穿透一切，彻底看清自己的人生。它是自信的美，是优雅的美，是坦然的美。走过稚嫩的春，喧闹的夏，走到了成熟的秋，就应该把人生的涵养、经历、沧桑化成一份醉人的沉静。在这个时节，沉静是最得体的举止、最舒服的心态、最美好的服饰。

是否,在这个世界沉静最美?

一句诚挚的问候,让人简简单单。世界很简单,自然很简单,人心也很简单。人心的简单,是生命画卷中的几笔线条,有疏疏朗朗的淡泊;是生命意境中的一轮明月,有清清凉凉的宁静。有时候可以把一个人一眼望到底,是因为这个人十分纯净,有至真的灵魂,实际是撼人心魄的深刻。这样的简单,让人敬仰。

是否,简单是生命留给这个世界最美丽的手势?

风,带来的是叶的惆怅;雨,浸湿的是心的落寞;秋,阐释的是季节的忧伤。日复一日,年复一年,默默感受岁月的仁慈和残忍,不以物喜,不以己悲,不要让时间的流逝成为永远的缺憾。生命的天空不一定都是晴天,偶尔有风、有雨、有雪,也是多彩的、美丽的。

让我们静然感受自然的唯美,感受人生的豪迈,感受红尘中的起起落落,勇敢前行。

一抹剪影，绘就生命中的最美

那抹剪影，如一泓清泉，静然流淌在心底，让人澄澈；如一阕诗词，婉然回荡在耳畔，让人思索；如一道风景，默然镌刻在脑海，让人难忘。生命中，总在不经意间回望，总在茫茫人海中寻觅，总在时间的河流上凝视。

飘零，是树叶一道生命的痕迹。一阵微风拂过，它带着满身尘土，在空中划过一条优美的弧线，轻轻飘落大地。俯身捡起，贴于手心，让屋檐的雨水一滴一滴为它洗礼。当看到它一尘不染、光彩夺目时，心灵豁然开朗，忧伤释然。默默拿出最心爱的一本书，把它收藏在书的世界里，收藏在心的海洋里，收藏在灵魂深处。

没有别的选择，只能像一颗露珠一样，站在一片青青的草叶上。多少年过去，还没有把自己珍藏成一粒珍珠，没有把自己锻造成一枚星星，也没有把自己恬淡成一朵悠闲的云。岁月中，流泪的仍是天空，哭泣的还是自己。疼和痛不再是那么纯粹，爱和梦不会是这么晶莹，心的小船依然在渡口处，轻轻漂荡，如思绪在宁静的心海徜徉。

黑夜总是不期而至，让人凝视，让人沉寂，让人顿悟。是黑夜给我们黑色的眼睛，期待一丝曙光瞬间永恒的刹那；是黑夜给我们难言的美好，体会海上明月天涯此时的情愫；是黑夜给我们心贴心的温度，触摸灵魂深处恬淡人生的真谛。黑夜的尽头仍是黎明。

每个人的心灵上都有一双翅膀，能够带自己自由翱翔。但是我们忽略了它的存在，忽略了它的力量，忽略了它的美丽，固守在自己的领域里，为了安全和舒适,紧紧抓住熟悉的东西不放,从而失去了探索精彩世界的能力,失去了本应属于自己的那片天空。我们只有斩断束缚自己的绳索,才能展翅高飞。

向往是一种距离,是一种情怀,是一种至美的境界。向往远离城市,过一种无忧无虑、简单而平静的日子;向往缩短时空,双手相牵,素雅而悠然地走着;向往古塔青灯,燃一支心香,餐风饮露,静听佛音。可太多的牵绊,太多的无奈,太多的人生赐予,让脚步一次次徘徊,让梦境一回回重演,让心总在向往中迷茫。

很多人和事,渐渐远离视线,慢慢淡出记忆。曾经的美丽,如同这身边的雨,真实存在过却又无法停留;曾经的苦涩,好似这忧伤的旋律,悄然奏响着却又无法掩饰。

不必靠近,也不远去,也许保持一种适当的距离,才真的不会失去。让那抹剪影,永恒地阐释人生中的唯美,洒脱地绘就生命中的最美。

掬一束月华，在岁月里沉默

今夜，掬一束月华凝于指尖，轻染墨香；今夜，轻抚灵魂的琴弦，让思念成水。今夜，将一抹心事裁剪成诗行，穿越寂寥的音符，倾诉着内心难言的惆怅；今夜，把心事揉进月光，顺着心河缓缓流淌。

喜欢月色是朦胧的，星星是闪亮的，一如你思念的眼睛；希望夜空是静谧的，心灵是默契的，一如你最真的对白；渴望海风是轻柔的，笑容是浅浅的，一如你柔软的心弦。守着花开花落，守着沧海桑田，却守不住一颗虔诚的心。或许，古塔青灯之上，唯有错过才是最美的结局。

喜欢一片落叶在风雨中漂泊，默默放逐一份等待寻觅的心情；喜欢一个人走路时的淡淡情怀，感觉人生世界自然的和谐、高尚与纯美；喜欢一抹真诚坦然的微笑，如水般洁净和简单。其实人生需要的是一份静谧的美。把愁思和忧烦浸在一个人的月色下，沉淀升华。在淡然的风痕处，将心渐开成一枝洁白的莲花。

如果音乐是有颜色的，那声音就是跳动在心中最鲜亮的音符；如果生命是有航线的，那声音就是黑夜中的一丝亮光照射寂寞的行程；如果红尘是有对岸的，那声音就是由此岸通向彼岸的一叶小舟。闭上眼睛你在眼前，睁开双眼你在心里。打开心窗，你的歌声在这夜雨中清晰唱响，让我荡漾，让我澎湃，让我黯然神伤。

看，风轻轻掠过头发，显示了岁月的流向；听，雨默默在心头划过浅浅的忧伤。我，身着洁净的白衬衫，依然伫立在那个心碎的地方。闲看风清月白，淡对烟云去留，花开花落几番晴，缘起缘灭应有时。

我努力省悟一些必然，看向天空的视线逐渐清晰。一个人的城里，淡了爱的癫狂，所能握紧的，只有一束纯净的月华，一痕浅浅的忧伤。

每个人会随着光阴的流逝愈加平淡，每个生命将随岁月流转走向成熟，有些过往甚至在记忆里消失了踪影，但仍会有一些音乐，在安静的时候触动你，在脆弱的时候抚慰你，或在不经意间给你以美丽的悸动，给你以黯然的神伤，给你以无言的泪流，一如那一句诚挚的问候，那一场慌乱的阵雨，那一个纯情的故事。

难忘此刻，难忘凝固的旋律，难忘一路走来的点滴。心依然，情依然，爱依然；把自己放逐自然，放逐音乐，放逐浪漫，让风轻轻地吹，让雨轻轻地洒，让泪轻轻地落。思念是一首诗，岁月是一首诗，在诗中守望，在诗中凝视，在诗中默默地等待。

生命是一场孤独的跋涉。渴望梦在流浪，心在漂泊。在夜色中踽踽独行，细数江边盏盏的渔火，任寒凉的夜风渐渐穿透身心；那些遥远的记忆，渐远的足音，温暖又苍凉的思念，虽然忧伤却很美。陪伴的不一定相知，温暖的不一定相伴。爱恨聚散如繁华似盛宴，终将凋落散场。心存希望，我心飞翔，即使艰难和勉强。

岁月在沉默，浪漫在沉默。时而如诗，灵动飘逸，婉约柔美；时而如画，水墨淡彩，养眼润心；时而如茶，碧澈通透，清香宜人；时而如歌，婉转悠扬，直抵心扉。

静静将心放逐在自然，感受一份清灵；默默将心浸湿于音乐，感受一份豁达。掬一束月华，在岁月里沉默，或许此刻，自己拥有了整个世界。

恬淡是一首永恒的诗篇

恬淡是一种韵致，是一种心境。它如小桥流水，清清浅浅；如云卷云舒，从从容容；如一杯清茶，柔和醇香。它是豁然开朗的顿悟，是尘埃落定的坦然，是厚重人生的积淀。它是岁月的花开，红尘的静雅，是一首永恒的诗篇。

恬淡是一种沉默。沉默，是一种包容一切的豁达和从容，是一种尘世无怨无悔的爱和投入，是一种心灵境界。留一份沉默给自己，在别人指点江山激扬文字时，默默坐下来，读一本心爱的书；在别人沉迷于灯红酒绿时，守着自己窗内的世界，听一首柔美的钢琴曲，给知心朋友发一条短信。留一份沉默给自己，因为沉默会让你的生活更富有诗意。

恬淡是一种聆听。聆听，是一种心态，是一道至静至美的风景。聆听花开，能解读花语，感知大自然的律动；聆听雨落，能触摸云层的忧伤，涤荡心灵的天空；聆听音乐，能打开心窗，收到最好的礼物。让我们静心聆听生活，聆听自然，聆听生命。

恬淡是一种洒脱。洒脱是一种清爽的心境，不是临渊羡鱼的无奈，而是退而结网的奋起；不是一意孤行的自负，而是三思而行的明智；不是狭隘偏执的心性，而是开朗豁达的情怀。让自己洒脱，你会发现天更蓝、云更淡、海更宽。拥有洒脱，让世界因你而可爱，因你而精彩。

恬淡是一种永久的沧桑。沧桑，是生命中不可逾越的海洋。闭上眼用一颗多梦的心把沧桑未来畅想：每一天都会有绿影婆娑，小鸟歌唱，浪漫故事，心花怒放；睁开眼把多姿多彩的世界装进冷静的胸膛：风雨让人思索，阳光让人奔放，高山让人挺拔，大海让人宽广，小草让人坚韧，鲜花让人芬芳。在岁月的沧桑中，要学会微笑、固守和坚强。

恬淡如风。风，是大自然赐予我们的一种律动，用心感受，别样精彩；用心聆听，别样唯美。当风拂过水面时，它是透明的；当风飘过大海时，它是蓝色的；当风走过麦田时，它是金色的；当风亲吻花儿时，它是五颜六色的。风，是有感情的，也是有色彩的。

恬淡如莲。莲的独立，莲的淡雅，像一曲天籁之音，来自心灵深处，它的旋律可以唤醒生命；莲的风姿，莲的纯洁，像一阕唐诗宋词，可以破解心语，它的灵犀可以直达心灵。莲的芬芳美丽，风懂；莲的矜持心事，雨懂。让我们以平和的心态，置身于宁静的港湾，把生命化作莲花，独享世间一份潇洒。

恬淡是简单。简单，是一种人生态度，是一种境界。它如一缕风，轻掠森林便会歌唱，微滑心海便起涟漪；如一场雨，轻轻洒洒清凉了世界，潮湿了心境；如一幅写意画，寥寥数笔便挥就一个桃源，令人流连忘返。面对纷繁的红尘，无须矫揉造作，无须纠结彷徨，简单做人，简单做事，真诚自然，坦然面对。

恬淡是随和。随和，是一种素质，是一种美丽心态。它是淡泊名利时的超然，是历经沧海后的泰然，是狂风暴雨中的坦然。随和的人是聪明的，是谦虚的，是宽宏大量的。只有经过一番历练，一番自律，一番升华，才能真正做到为人随和，感悟到人生的善良。

恬淡是微笑。微笑是愉悦心灵的折射，是一种含蓄，也是一种表达，是一种单纯，也是一种丰富。涟漪，是湖水的微笑；霞光，是清晨的微笑；树叶，是风儿的微笑；伞花，是雨儿的微笑；孩子，是父母的微笑。

恬淡是最美的风情，是最深远的味道。人生不尽是激情飞扬柔情似水，更多的是淡淡的忧愁，淡淡的牵挂，淡淡的思念，淡淡的情感。喜欢平淡，因为它简约真实，静雅美丽，意味深长。真情总在平淡中，平淡是长久的味道。

岁月是一个漫长而艰辛的历程，它如一叶扁舟，风起云涌，依然执着前行，于是有了沧桑豁达；像一朵流云，写意自在，淡然飘雨尘世，于是有了轻松悠闲；似一轮明月，安宁深邃，静然居于苍穹，于是有了简单素白。

做一个恬淡的人，把岁月静静捧在手里，把人生轻轻放在心上，慢慢体会生命的博大，世界的多彩。

别样的美丽,淡静的心境

美丽,是一种心态,是一种情怀,是一种淡静的心境。人,是可爱才美丽;大自然,是美丽才可爱。是生命赐予我一双清澈如水的眼睛,是生活赐予我一颗灵动易感的心,是爱赐予我激情飞扬的笔触。雨过琴声润,风来翰墨香,愿守候此刻的美丽,静静徜徉在漫漫的红尘中。

美丽是一种心态

有一种窗,叫心窗。它时常关闭,时常将一切拒之门外。也许只为路过心的风景,路过心的旋律,路过心的人悄悄打开。独处的时候,推开那扇心窗,将心放开,抛开杂念,把自己放逐,在一米阳光中晾晒,在一阵风中飘荡,在一场雨中洗刷,在空灵的音乐中荡漾沉淀。

有一种雨,叫心雨。它是一个人的天空,一个人的云层,一个人凝聚的殇;是一个人的夜晚,一个人的心境,一个人无言的精彩。它无声飘落,浸湿了梦境,揉碎了思念,刺痛了心事;它无言而泣,冰冷了心窗,涟漪了心海,凝固了心锁。它遥远又切近,朦胧又明晰。身在夜里沉寂,雨在风中飘落,心在路上漂泊。

有一种海,是心海。它看不清,摸不到,却真实存在;它无边际,无船渡,却拥有此岸和彼岸;它无声无影,无色无味,却能耐人寻味。当音乐划过时,它时而委婉,时而澎湃;当思念揉碎时,它时而凄美,时而动人;当泪水无声流淌时,岁月默默沉寂,如一只白鸥在心海轻轻飞过,让心激荡。

有一种美丽,叫孤芳自赏。一个人的舞台,一个人的音乐,一个人的精彩,冷暖自知。繁华时,心情激扬,独舞翩跹;落幕时,只有心中的约定默默践行在路上。坚守是唯一的主题,快乐忧伤是不变的心语。孤芳自赏,是沉默中的美丽,人生的魅力,叹息中飞落的忧伤。

美丽是一种情怀

或独坐静室,携一窗夜雨,披满肩淡然。一泓若水的旋律静静地流淌,洗去心中多少烦恼与忧愁,涤荡心中多少铅华与沧桑。听琴弦悠悠扬扬、从从容容流入青山净水的心脉,将世间万物浸润冰弦,听它的繁华,听它的冷寂,听它的婉约多情,听它的豪迈奔放。静坐尘世,轻抚冰弦,品味多彩人生。

或静坐夜空下,聆听来自天籁的韵律。那是澄澈的心语,生命的真谛,斑斓多姿的灵魂演绎,简洁唯美的自由呼吸。如一团流云翩跹凝聚,化作夜雨在梦中飘逸;像一泓潭水婉约柔美,默默守候静深处无语;似一轮明月皎洁纯寂,静居夜空驻在心底。人,沉在墨香中;心,醉在音乐里。

或揣一段往事,独对一弯冷月。一种刻骨的柔情萦于脑海中,无声的寂寞在指尖滴落,霓裳轻舞间尘烟散尽。人生,没有只若初见的开始,亦没有只若初见的美丽。搁浅记忆散碎的时光,信手捡来一片飘零的花瓣,微闭明眸,将缕缕相思化入一场没有归期的相遇。

美丽是一种淡静的心境

美丽是淡然。淡然,是一种返璞归真的美,是一种率性本真的美,是一种至静至雅的境界。喜欢读清淡自然的文字,轻轻地诉说着,静静地聆听着,淡淡地相伴着。落花无语,人淡如菊,是一种情怀,更是一种执着平和、从容淡定的心境。喜欢一个人的静美时光,淡而悠远,淡而宁静。

美丽是简单。简单,其实就是活着的一种格调,就是做人的一份性情。

简单的境界就是深邃，是自然随性。如清泉洗心，似溪水潺流，鸟鸣山逾静，兰香谷更幽。生活在简单中的人，追求并享受着的是那份从容淡定，心无杂芜，简洁素雅，曼妙空灵，自然淡静。让我们去感悟那份简单的生活，在片刻的宁静之中寻求永恒。

美丽是气质。气质是一个人的深刻内涵，丰富而独特。它历经时间，才彰显出特有的魅力。从容淡静、温文尔雅是心灵绽放的奇葩，是洁净心田流淌的泉水。让表达成为一种习惯，让肢体语言更有感染力，让行动更干练，用知识充实自己，用音乐修养自己，因为气质是一个人身上永远的经典。

美丽是思念。思念是一种穿越，相依是一种幸福。心情之所以宁静，是因为思念的美丽悄然绽放。浪漫在时光的磨砺下会渐渐褪色，疼爱在日月的熏染下会更加香浓。遇见是年华里最初的等待，从此刻骨铭心。相依在心灵，思念至灵魂，点亮手中的一盏灯，照亮心程。

每一行文字，是轻灵的指尖独舞；每一段文字，是绽放在指间的花；每一篇文字，是打开心窗的钥匙。它描绘着平淡的日子，吟唱着自然的旋律，倾诉着心灵的渴望，如风般轻盈，如云般灵动，如雨般纯澈。在文字里，有人生的无奈、人间的美好、人世的沧桑，能聆听到心底的呼唤，体味到生活的斑斓。

让心灵在文字中放逐，让灵魂在音乐中漫步，让心境在自然间淡静，人生会在岁月里别样美丽。

静坐心湖边，让生命淡然

独处，是一种真实的美丽。独处时，静美、温馨，随之而来；独处时，贫穷也富有，寂寞也温柔。漫步水边，感受一份清灵；默闻花香，聆听一声鸟鸣；捧盏香茗，在自然中解读生活，放逐心灵。独处，让生命豁达，让生命淡然。

静坐心湖边，把身心默默放逐自然。燃一支心香，品一盏香茗，听一曲琴音，醉一段幽香的文字。夜色依旧，放飞一只青鸟在岸边的枝头摇曳；豁然明朗的心情，在静谧的天空散落。在岁月的怀抱里，寻找生命的厚度，缘分的深浅。一段旋律娓娓道来，就像一盏醇香的酒，在心湖上缓缓划出一波一波的路，渐行渐远。

静坐心湖边，让灵魂轻轻穿越红尘。今夜，心像一朵素雅的莲，开在碧水盈盈的湖畔；今夜，心像一片殷红的枫叶，飘落在落絮纷飞的季节；今夜，心像一朵淡雅的梅花，轻轻印在洁白的信笺。我是一粒浮沙，飘落在你的心海；我是一缕烟尘，萦绕在你的心际；我是一缕飞絮，飞入你的梦境。

静坐心湖边，将思绪淡淡沉寂心底。每个人心上都有一扇窗。有的开着窗，心是亮的；有的关着窗，白天也是黑夜。在阳光中或是在黑暗里，取决于是否找到了心窗的钥匙，是否把窗打开。打开心窗，让友善、坦诚、温暖的阳光进来；打开心窗，以一颗柔软、谦卑的心，便能透过薄雾朦胧，看到五彩缤纷的远景。

静坐心湖边，把岁月刻在路上，感悟着、铭记着。在平淡的岁月里，寒窗夜读，崖下栖心，无来无去；在平静的生活中，箫中妙韵，枯木寻溪，漫步畅想。一回首就是一个光阴的故事，一抬眼便是一汪清澈的世界。与灵动的自然交流，坐观风云；与纠结的心灵对话，豁达悠闲；在岁月的深处轻点一支红烛，让烛影摇红，守候一份澄明的心境。

心湖常常因泪流而涟漪荡漾。一滴泪，从眼眶明澈地溢出，便完成了一次炽热的歌唱。眼泪，并非脆弱，它能感悟生命，凝聚坚强。它是人生中深刻而惬意的体味，是生活中冷艳而华美的色彩。爱的深浅，泪知；泪的深浅，心知。

其实，生命是一场聚散，花开花落，云卷云舒，相遇相识，相处相知，相爱相恨，终究曲终人散。生命是一场戏，倾尽所有时间精力、真心真情、欢笑泪水去演绎，终究要落幕。生活是一条河，左岸是无法忘却的回忆，右岸是值得紧握的璀璨年华，中间飞速流淌的是年年岁岁的欢悦与感伤。

守望静静的心湖，用真心去拥抱生命，才能活出一份洒脱，一份从容，一份轻松。在岁月的风霜雪雨中，默默感受生命的悠长，始终微笑着善待生命，珍惜生命，超越生命。

淡然宁静，一切尽在无言

总有一些歌，能直抵心灵深处，让人百听不厌；总有一些事，能尘封记忆深处，让人无从忘怀；总有一些情，能跨越时空界限，让人无言泪流。在淡淡的岁月中，用清澈的双眼去静静凝视，用纯澈的心灵去默默体味，让一切尽在不言中。

向往一片宁静，淡淡的生活，浓浓的情，深深的爱，如阳光挥洒、云霞飘逸。向往一片宁静，如一汪秋池，没有喧闹，没有浮华，有的只是一份沉寂；向往一片宁静，如无垠沙漠，没有绚丽，没有争艳，有的只是一份简单；向往一片宁静，如音乐流淌，没有掌声，没有华彩，有的只是一份淡然。

愿做枝上花栉风沐雨，独享宁静，咀嚼寂寞。其实寂寞是一种内涵，是一种源于心灵的安适；寂寞是一种境界，是一种超然物外的处世态度；寂寞是一种成熟，是一种看万事淡如水的平静。

在宁静中可以默默欣赏文字与音乐，可以静静品味生活。因为懂得欣赏是一种态度，是一种情怀，是人生中一道绝美的风景。学会欣赏，便收获快乐温馨；懂得欣赏，心灵便永远阳光灿烂。一首清新隽永的小诗，一幅神韵悠然的国画，一曲荡人心怀的音乐，总让人感受到欣赏带来的愉悦。怀着一颗平淡闲适的心去欣赏人生沿途的风景，做一个有爱心、有情趣的欣赏者。

在宁静中呵护梦想，以淡静的心态，在自己的心中，在他人的心中撒下梦的种子。用坚韧、勇敢和爱，去诠释一个个梦想，让平凡的人生开出卓尔不群的花朵。

其实人生犹如一首歌，时而振奋，时而幽怨；人生仿佛一本书，写满酸甜苦辣，记录着喜怒哀乐；人生像一局棋，布满危险也充满机遇；人生恰似一条路，有山重水复的坎坷，也有柳暗花明的坦途。

采一束星光，一针一线缝合一件岁月的寒衫；捻一缕思念，让心载着一腔幽怨随月光飞流直下。一段文字，一段心碎，细思花开几度，叶落几秋，让一颗封闭的心储存那道清冷的背影。

岁月无痕，人生无影，默然铭记，脚步朝向心的方向出发。

默然凝望，醉在红尘烟雨中

细雨霏霏，孑然立于江上小舟，默默撑开一把雨伞。寂寥的雨点，在江水里，在手心里，在落寞的心境里。闭眼聆听，自有一份宁静，一份思念，一份浪漫。尘世里有一个你，才有一份感动，一份柔柔的牵挂；尘世里有一个你，才喜欢一江水，一座城。

拾级而上，在雨中漫步，没落的是一个人的心境。松间小路净无泥，微风过后叶落雨，红伞素手青衣；叩问古塔铃声，心寄何处，红尘中蓦然静立。雨像一首无言的旋律，彻入心扉；伞像一阕无韵的诗赋，跃然眼际。伸出手来，轻落的是一滴滴细雨；迈出脚步，浸湿的是一次次回忆。

悄然采撷一片幽绿的叶子，默默凝望，叶脉清晰可见，柔韧纯澈；俯首闭眼细闻聆听，那是叶的味道，那是雨的心声，那是大自然美丽的涌动，清新而空灵。雨珠静静滑过叶面，落在脚下，开出一朵晶莹的雨花。手持一片叶子，让一缕阳光温暖整个世界，让一个微笑灿烂所有的春夏秋冬。

总是痴迷在雨夜，把自己丢在无边的黑暗中咀嚼寂寞；总是刻意去聆听窗外滴答的雨声，仿佛进入一个恬淡的梦境。在那一刻，灵魂仿佛悠然脱离了躯体，在这湿漉漉的阳台上，在这沉睡的城市里，让雨把心的沧桑洗去，让雨轻柔的絮语入梦。

为何红尘烟雨，那风里的青衣，深浅的足迹，那一场风花雪月的故事，让人铭记？为何天涯咫尺的距离，万千柔情的呓语，要承载着四季如芳的眷恋，在晨钟暮鼓中漫向天际？那绽放在岁月里的花，美丽如嫣，娇柔无比，动人的影子，永远摇曳在生命的长河里。

举起酒杯，放逐自己的心境；拿起麦克风，点燃久违的心事；闭上眼睛，凌乱自己的思绪。是酒，是歌，勾起了遥远的回忆；是风，是泪，拨动了刻骨的思念。漂泊的灵魂找不到回家的路，无助的呼喊撕裂了守候的心，苦涩的眼泪如雨流淌。午夜迷失了路途，心却依然清晰。

凝望你，是一种情怀。你像一阕忧伤静谧的诗词，即使风雨如晦，却依然能够越过心岸。有时沉静如水，有时如翻飞的雪花，在冷静中随风轻轻跌落一身的喧哗。让人终于明白，不能靠近的，才是真正的美丽。

凝望你，是一种感动。你似苍凉荒漠的一脉泉流，给人一种言说不尽的愉悦和舒爽。赏花只须三两枝，你是这个世界一帧难得的风景，怡耳悦心，如雨落心底。在你的身上，寻觅到一丝清雅的内敛，一点高贵的平和，一份优美的沉静。

凝望你，是一种无法言说的美丽。驻足静待花开花落而不惊扰，就能聆听心的声音；悄然目送鸟儿振翅欲飞而不喊叫，就能体味自由的飞翔；远望挚爱的身影而不打搅，就能澄净灵魂的躁动。无须有声，无须焦灼，只须静静观望，如天边云彩在余晖里被浸染得更加灿烂，更加华美。

凝望你，就会细数点滴岁月，让自己静如一池湖水，沉默无语独守在一个角落。是一缕风吹皱了心境，让我涟漪无边，心存感激，可终究是过往；是一场雨激荡起了心事，让我心如潮水，汹涌澎湃，却终归于平静。

凝望你，一直想做一条鱼，在江水中自由遨游；一直想做一只鹰，在天空中展翅飞翔；一直想做岸边的一簇芦苇，在岁月中静静守望；一直想做一场夜雨，在午夜里悄然飘落；一直想做沙漠的行者，在琴声中悄然漂泊。

凝望你，感觉人生是一条崎岖的小路，脚印就是孜孜不倦的追求。每一个脚印记录着风风雨雨，每一个足迹铭刻着深深记忆。走自己的路，哪怕闪光的脚印并不多。

无须埋怨，无须暗伤，默然凝望，醉在红尘烟雨中。

平凡的人生，勇敢的心

生命中，总有一段时光，除了勇敢，我们别无选择。有些事无能为力，就顺其自然；有些人不能强求，就付诸一笑；有些路无法躲避，就义无反顾。人生，有顺境就有逆境，有开心就有伤痛，有割舍就有获得。有一颗勇敢的心，生活才会更加美丽，生命才会更加精彩。

春天，款款而来，静静的；春风，悠悠而至，暖暖的；春雨，淅沥而落，轻轻的。生活，如此平静，如此平淡，如此平凡。其实，生活着，就是平凡的，勇敢的，幸福的。

有一些事，适合一直藏在心里。

不愿提起，是害怕心痛，害怕心痛淹没了自己；不会忘记，是因为生命，因为已经刻骨铭心；不想流泪，却总是流泪，也许流泪是一种记忆。岁月流转，荒芜的只是时间，不是心情。不需解释，也不必解释，用心做事，是非成败，其实并不重要，重要的是对得起自己。

生命的价值，有时候是放飞。

放飞梦想，是一种感觉，尽管苦累，却是自由；放飞心情，是一种浪漫，无论冷暖，都是洗礼；放飞自己，是一种歌唱，无关沉浮，都是美丽。走在路上，行在心上，让生命在放飞中灿烂，在放飞中唯美，在放飞中永恒。

心的宽度，决定了生命的高度。

给心灵一个空间，让它简单干净，能容纳一切；给自己一抹微笑，面对纷扰尘世，只化作秋月春风；给生命一点释然，让它轻松自在，自由无憾。

有一些幸福，往往容易被我们忽略。

静谧的阳光，我们常常视而不见，却一直在身边；清澈的流水，我们常常熟视无睹，却一直习惯着；四季的更替，我们也许习以为常，却一直享受着。平凡的幸福，其实一直陪伴着我们，温暖着我们，更包容着我们。感动的同时，我们应好好享受，好好珍惜。

有一颗平凡的心，就可以领略无限的美丽；有一个平凡的自己，就可以感知人生的不易；有一份平凡的爱，就可以寻到生命的真谛。平凡，是一种智慧，往往最真诚；是一种勇敢，往往最宝贵；是一种心境，往往最难得。

平凡的生活，平淡的自己，却拥有一颗勇敢的心。